I0635392

MÉMOIRES

D'UN

VIEUX PAYSAN,

PUBLIÉS

PAR A. DEVOILLE.

BESANÇON,

IMPRIMERIE ET LITHOGRAPHIE DE J. JACQUIN,

Grande-Rue, 14, à la Vieille-Intendance.

1851.

MÉMOIRES

D'UN VIEUX PAYSAN.

MÉMOIRES

D'UN

VIEUX PAYSAN,

PUBLIÉS

Par A. DEVOILLE.

BESANÇON,

IMPRIMERIE ET LITHOGRAPHIE DE J. JACQUIN,

Grande-Rue, 14, à la Vieille-Intendance.

—

1851.

27272

AVANT-PROPOS

DE L'ÉDITEUR.

———

Le vieillard qui a écrit ces lignes est mort depuis quelque temps. Nous ayant honoré de son amitié pendant sa vie, il jugea à propos, avant sa mort, de nous confier ses manuscrits, pour en faire l'usage que nous croirions convenable.

Nous en extrayons aujourd'hui la partie qu'il avait lui-même intitulée *Mémoires d'un vieux paysan,* et nous la livrons au public: bien convaincu que les habitants des campagnes, auxquels elle s'adresse spécialement, nous saurons gré de leur avoir communiqué ces avis d'un de leurs frères.

Plusieurs s'étonneront, sans doute, qu'un simple paysan ait su s'élever quelquefois à de si hautes considérations, et s'exprimer en un style qu'on ne rencontre guère dans sa condition. Nous nous en étonnerions nous-mêmes, si nous n'avions connu ce respectable vieillard, et s'il n'était constant, d'ailleurs, qu'un sens droit, appuyé sur un cœur sain, et mûri par la réflexion, l'expérience et de bonnes lectures, peut, même sans le secours de l'instruction classique, s'élever à une hauteur que n'atteignent souvent pas des esprits plus cultivés.

Habitants des campagnes, dans les circonstances graves où nous nous trouvons,

ce livre peut vous être utile. Lisez-le, mé-
ditez-le, profitez-en; et puisse l'esprit qui
animait l'estimable auteur se ranimer et se
perpétuer longtemps parmi vous!

L'Editeur, A. D.

Besançon, août 1851.

MÉMOIRES
D'UN VIEUX PAYSAN.

I.

Trois profits à mourir où l'on est né.

Je suis vieux. Par un privilége singulier, j'aurai vécu et je serai mort sur le même coin de terre qui m'a vu naître. C'est un avantage que peu de personnes ont eu, même dans ma condition, et qui deviendra de plus en plus rare, vu l'esprit de notre siècle. Et quand je dis avantage, je sais à quoi je m'expose de la part de plus d'un lecteur.

En effet, on vante beaucoup les voyages. J'entends

1

bien des personnes dire que qui n'a pas voyagé ne sait rien. On applique ici, comme ailleurs, le vieux proverbe bien connu : La vie est dans le mouvement.

Cela est-il vrai? Je n'en sais rien, ou plutôt je n'en crois rien. Je n'oserais assurément opposer à l'opinion de tant de gens instruits l'opinion d'un modeste laboureur. Mais l'expérience est aussi une science, et l'expérience m'a souvent montré le profit le plus net du côté de la vie sédentaire et paisible.

Je signale seulement en passant quelques avantages de cette apparente immobilité de ma vie. D'abord, j'ai appris à me connaître moi-même : résultat précieux, et plus rare qu'on ne pense. En tous cas, il échappe pour l'ordinaire à l'homme que sa condition et ses goûts condamnent à voyager. Il m'est arrivé de rencontrer des hommes rentrés au foyer après une longue absence : ils parlaient beaucoup, ils semblaient beaucoup savoir; mais, en perçant l'écorce, on s'apercevait facilement qu'ils n'avaient pas même la première lettre de la vraie, de la seule science : la science de soi-même.

Un autre profit que j'ai tiré de ma vie sédentaire, c'est d'apprendre à connaître les autres. S'imagine-t-on par hasard que le moyen de connaître les hommes soit de beaucoup voyager? Non. On voit, en voyageant, bien des figures, bien des costumes, bien des usages, peut-être même bien des vertus ou des défauts ; mais ce n'est pas encore là connaître l'homme. Un trait pris ici, un trait pris là, ne composent pas précisément l'homme ; pas plus que des traits pris sur diverses figures ne composent une figure réelle. On peut même avoir étudié les différents caractères des peuples, sans pour cela connaître l'homme. Quand on saura que le Français est léger, l'Italien dissimulé, l'Anglais penseur, etc..., connaîtra-t-on pour autant ce profond, ce grand mystère qui s'appelle l'homme ? Non : pas plus qu'on n'aurait une physionomie précise en prenant le nez bourgeonné d'un Allemand, les yeux noirs d'un Espagnol, les cheveux rouges d'un Anglais, et les tempes aplaties d'un Hottentot.

On prétend qu'un savant se plaisait à dire : Je crains pour adversaire l'homme qui n'a étudié qu'un livre. Il faut en dire autant de celui qui n'a étudié qu'un homme : c'est le moyen de connaître non-seulement celui-là, mais tous les autres, mais l'humanité entière, au moins dans ses traits principaux, dans ce qui la constitue essentiellement.

Un troisième profit que je dois à mon obscure et tranquille existence, c'est d'avoir appris à connaître et à aimer Dieu : trésor cent fois plus précieux que tous ceux que j'aurais pu acquérir ! Combien j'ai vu d'hommes quitter leur hameau natal et leur condition première, pour aller, comme ils le disaient, *tenter les aventures.* Je les ai vus revenir, au moins en partie : les uns avaient amassé de la fortune, les autres acquis du talent ; ceux-ci ramenaient une femme, ceux-là une épaulette.... Mais tous ou presque tous avaient perdu leur Dieu ! Qu'étaient-ce donc que leurs succès ? Quelle fortune avaient-ils donc faite ? La connaissance de Dieu, la foi en Dieu, l'amour de Dieu, sont choses qui se perdent facilement le long des chemins. *Dieu n'est pas dans le mouvement* (1) ; c'est lui-même qui nous l'a dit. Il semble qu'à mesure que l'homme s'éloigne du lieu de son berceau, il s'éloigne aussi du Dieu de son berceau. Eh bien ! je le dis : aucun malheur n'est comparable à cette perte ; à l'heure où me voici, il ne me reste rien que la douce pensée d'avoir toujours gardé la foi de mon enfance. Oh ! je le jure par mes cheveux blancs, je n'ai jamais envié un bonheur qui pouvait me coûter l'amitié de mon Dieu et le salut de mon âme !

(1) *Non in commotione Dominus.* (III Reg., xix, 11.) *(Note de l'Éditeur.)*

II.

Le lieu de mon berceau.

Je suis né dans un village : condition qui échoit à la très grande majorité des hommes. C'est donc une sorte d'abus d'aller, comme l'on fait, chercher le type humain dans les villes, au centre de ce que l'on veut bien appeler la civilisation. Il y a cent raisons pour que la nature de l'homme soit faussée dans ces grandes aggrégations de vivants, où les passions se mettent en commun, et où les vertus se cachent. Au village, au contraire, où moins de causes étrangères agissent, le moule humain doit être mieux conservé. Non que je veuille dire que tout y soit bon, et même meilleur. Hélas ! depuis la chute d'Adam, tout est bien défiguré dans notre pauvre nature. Mais encore, c'est là qu'on doit le plus tôt retrouver la physionomie primitive de l'homme déchu, puisque c'est là proprement que s'exerce le grand, le seul métier auquel Dieu ait

condamné notre père coupable : celui de travailler
la terre (1).

On ne remarque pas assez que tous les arts qui
occupent aujourd'hui une si grande place dans l'estime et dans l'activité des villes, ne sont que des
accessoires ; qu'ils n'appartiennent point à l'existence primitive de l'homme ; qu'ils ne sont qu'une
nécessité secondaire, fondée sur la multiplication et
surtout sur les vices de l'espèce humaine. En tout
cas, ils sont de beaucoup les cadets en date de l'a-
griculture. Pourquoi ont-ils pris la première place ?
Pourquoi l'artiste qui enfile des rimes ou des notes
est-il plus prisé que le paysan qui fait pousser des
pommes de terre? C'est ce que je ne m'explique que
par cette loi, qui paraît générale dans l'humanité
déchue : Que partout les branches cadettes usurpent
la place des aînées.

Le nom de mon village importe peu : je ne le
nommerai pas. A quoi bon le nommer? Si mon
nom, par un hasard extraordinaire, parvenait à devenir célèbre — ce à quoi je ne songe nullement —
la gloire qui s'attacherait à lui ne reviendrait pas
même au modeste lieu qui m'a vu naître. Tous les

---

(1) Maledicta terra in opere tuo : in laboribus comedes ex ea
cunctis diebus vitæ tuæ.... In sudore vultûs tui vesceris pane....
(Genes., iii, 17, 19.) Et emisit eum Dominus Deus de paradiso
voluptatis, ut operaretur terram, de quâ sumptus est. (Ib., 23.)
(*Note de l'Editeur.*)

beaux esprits de ville, sous les yeux de qui passeraient mes lignes, s'obstineraient à dire qu'elles sont le fait d'un avocat d'arrondissement, ou au moins d'un huissier lettré de bourgade. Il n'en est rien pourtant. J'ose attester que c'est bel et bien moi, Matthieu Charrue, qui tiens la plume et trace ces lignes. J'ajoute même que personne ne me les a soufflées, que personne ne m'en a donné la première pensée, que personne ne les a lues ni corrigées, et que les voici telles qu'elles sont sorties de dessous mon bonnet de laine.

Si donc il y a quelques défauts, et je ne doute pas qu'il n'y en ait plusieurs, c'est à moi, à ma mauvaise éducation, à mon ignorance, à mon défaut de jugement, qu'il faut les imputer. Et si, par hasard, il s'y trouve quelque chose de bien, c'est à Dieu seul qu'il faut en renvoyer la gloire.

Car je crois en Dieu : je suis chrétien ferme et sincère ; chaque jour même ma foi s'accroît. La raison de cela est que je suis paysan et vieux, et qu'il n'est pas possible à un vieux paysan de ne pas croire. On dit que, parmi nos jeunes gens, il y a une tendance marquée à s'affranchir du joug sacré de la foi : c'est un grand malheur. Le jour où le paysan ne croira plus, la France sera perdue. Quant à nous autres vieillards, l'incrédulité nous serait impossible. J'ai vu tous ceux de mon âge vivre et mourir croyants, sauf une exception ou deux.

Certes! je ne crois pas qu'il en sera de même de la génération actuelle : beaucoup de ceux qui la composent s'éteignent ou s'éteindront dans l'indifférence. Cela tient à ce qu'autrefois la religion était posée comme la pierre angulaire de l'éducation ; aujourd'hui, c'est l'intérêt. Alors on s'occupait, avant tout, de l'autre monde ; aujourd'hui, on ne songe guère qu'à celui-ci... L'enfant qui naît maintenant n'est pas d'une autre trempe que celui qui naissait il y a quatre-vingts ans ; seulement, il trouvait alors des parents qui s'efforçaient de relever ses yeux vers le ciel ; aujourd'hui, on fait tout ce que l'on peut pour les abaisser vers la terre. La différence est là : au point de départ. Un prochain avenir nous dira de quel côté était la raison.

III.

Ma naissance.

Je naquis le 21 septembre 1770 ; je cours par
conséquent ma quatre-vingt-deuxième année. Que
de choses se sont passées dans cet espace de temps,
si long pour un mortel, si court pour l'humanité !

Est-ce un avantage, est-ce un désavantage de parvenir à un âge avancé? Je n'en sais rien, ou plutôt
je crois que ce peut être l'un ou l'autre. L'essentiel
en toutes choses est que la volonté de Dieu se fasse.
Si Dieu eût borné la vie pour moi à quelques années,
c'eût été bien ; il a permis qu'elle se prolongeât sur
ma tête jusqu'à une grande vieillesse, c'est encore
bien, sans doute. Que son saint nom soit béni !

Ma vie se divise en deux portions bien distinctes :
celle qui s'est écoulée avant la Révolution, et celle
qui l'a suivie. Je ne parle ici que du dehors; car, au
dedans, je suis resté le même. Dieu soit loué! j'ai
tout vu changer, sans changer moi-même. Et, soit dit
ici en passant: de toutes les classes de la société,

c'est celle du laboureur qui est le moins sujette à changements. Le soc est un point d'appui qui ne bouge guère. L'agriculture est, à proprement parler, l'axe de la société: gare si jamais cet axe se dérange! le sort du monde serait compromis.

Je dois dire que les choses ont subi d'étranges changements dans cette crise extraordinaire, qu'on a si justement appelée la Révolution : c'est à n'y pas croire. Quelquefois, je me surprends encore à douter si je vois bien réellement ce que je vois. Personne ne mesure mieux un changement, c'est-à-dire un déplacement, que celui qui n'a pas bougé. L'objet qui ne remue pas sert de point de comparaison pour celui qui se meut : c'est par les bornes que le voyageur compte ses pas. Je suis une de ces vieilles bornes qui servent à marquer les pas du siècle. Malheureusement, ou peut-être heureusement, chaque jour ces bornes disparaissent: la main du temps les arrache. Je regarde autour de moi, et je me trouve seul! seul débris de l'autre siècle! seule ruine qui atteste ce qui fut!

Et, pourtant, nous étions un grand nombre. Mais la mort a fauché à ma droite et à ma gauche, et déjà je sens que sa main s'appesantit sur moi.

J'étais le septième de douze enfants. Dans ce temps-là, les familles étaient nombreuses, et nos bons patriarches des champs ressentaient encore un peu l'orgueil qu'éprouvaient les vieux patriarches de la Judée à étaler une nombreuse famille. Au fait, une grande famille est la richesse du laboureur. Tandis que le nombre des enfants ruine le négociant ou l'homme de lettres, il enrichit le cultivateur. Voilà comment la loi primitive de la race humaine se rapproche du métier primitif de l'homme. Nos premiers parents étaient laboureurs ou destinés à l'être, quand Dieu leur dit : *Croissez et multipliez-vous.*

J'ai toujours remarqué que Dieu attache surtout ses bénédictions aux nombreuses familles. C'est là que les parents ont le plus de consolations, et les enfants le plus de joies. Le cœur d'un père, d'une mère, est chose qui se dilate à volonté : chacun peut y prendre place sans faire tort à son voisin ; c'est une source qui donne sans s'épuiser. Là aussi, les enfants sentent mieux et à meilleure heure le besoin de se soutenir, de s'entr'aimer, de donner et de recevoir : ce qui est un des plus grands charmes de la vie. Ils n'ont pas, comme les enfants uniques, le malheur d'être gâtés ; chez eux, l'égoïsme est inconnu, leurs joies et leurs douleurs sont toujours en commun. Ils savent plaindre pour être plaints, accorder pour recevoir, aider pour être aidés. L'affection paternelle et maternelle qui se répand sur eux, est comme une rosée céleste qui tombe sur tous les coins de la famille ; ils en sont pénétrés et rafraîchis, mais non brûlés et corrompus. C'est là aussi qu'on sent le mieux le besoin du travail. Chacun comprend de bonne heure que le patrimoine le mieux arrondi s'amincit en se fractionnant; on s'entend répéter sans cesse qu'il faudra demander à sa propre activité des moyens de subsistance : aussi tous mettent cœur à l'œuvre, et contractent, dès le jeune âge, ces habitudes d'économie et de travail, qui sont toujours la première, la plus grande et la plus sûre richesse de l'homme. Ainsi, pendant que les enfants uniques ou peu nombreux, comptant sur la fortune de leurs parents, s'adonnent volontiers à la paresse, à la vanité ou à la débauche; traitent quelquefois avec dureté les auteurs de leurs jours, et finissent, pour l'ordinaire, par dissiper en peu de temps des biens péniblement amassés; les membres des nombreuses familles, au contraire, se distinguent par leur infatigable activité, par leur attachement à leurs parents, et parviennent assez souvent à se créer une existence aisée, d'autant plus honorable qu'elle est le fruit de leur industrie et de leurs vertus.

Ma naissance fut donc une grande joie pour ma famille. On s'était déjà réjoui six fois avant moi; on ne crut pas que ce fût une raison pour ne pas se réjouir une septième. J'ai ouï dire qu'en ce jour-là il y eut festin chez mon père, et qu'on y mangea une poule au riz. C'était un grand luxe alors. Le bon vieux curé y assista. Mon parrain et ma marraine, qui étaient tous les deux déjà avancés en âge, y portaient leurs habits de noces. J'ajouterai que, comme une vie d'homme ne suffisait pas toujours à user un habit, ce fut moi qui fus chargé de mener à terme celui de mon parrain : on m'en fit mon habit de première communion.

Mon nom de baptême fut Mathieu, précisément parce que j'étais né le jour de saint Mathieu. C'était une règle chez nos parents de donner à leurs enfants le nom du saint qu'on honorait le jour de leur naissance. Mon père pensait que ce n'était pas sans quelque raison d'en haut, qu'un enfant naissait le jour de tel saint, plutôt que le jour de tel autre. Il existait, selon lui, un rapport intime entre les habitants de l'autre monde et ceux de celui-ci ; en sorte, disait-il, que si nous étions encore au temps heureux où les esprits célestes descendaient sous forme visible parmi les hommes, il n'y a pas de doute que le Seigneur ne dépêchât quelqu'un de ses élus pour venir saluer et nommer les nouveau-nés de chaque jour, abandonnant à chacun ceux qui auraient paru dans le monde le jour de leur fête. C'est une raison qui en vaut une autre ; mais mon père y tenait. C'est ce qui fit qu'un de mes frères s'appela Loup, malgré toutes les objections des voisins et même du parrain, qui trouvaient ce nom ridicule. Mon père répondait qu'il n'y a rien de ridicule au ciel, et que ceux-là seuls sont ridicules qui ne savent pas faire inscrire leur nom dans les registres du paradis.

Et, puisque j'ai prononcé ce mot de ridicule, il faut que je consigne ici une observation en passant. N'est-ce pas dans cette invasion de noms, plus absurdes les uns que les autres, qu'il faut chercher le vrai ridicule? Je ne m'y reconnais plus. Qui est-ce qui peut, sans rire ou sans hausser les épaules, prononcer ces noms singuliers que l'on a aujourd'hui la sottise d'appliquer aux enfants? Les premières fois que j'entendis ces bizarres appellations, usitées dans les villes, je ne pus me défendre d'un peu de pitié : mais je ne songeais guère qu'un jour cette comédie se reproduirait dans nos villages, et que j'aurais la satisfaction de voir des Emmeline, des Césarine, des Adine, des Irvina, etc., autour de moi. Béni progrès! Depuis quand le calendrier de l'Eglise est-il devenu si pauvre, que de ne pouvoir fournir des noms à tous les habitants d'un hameau? ou depuis quand les saints du paradis sont-ils devenus ridicules?

Habitants des campagnes, vous ne devenez sots que du moment où vous voulez imiter les habitants des villes.

IV.

Mon enfance.

Mon enfance fut ce qu'était alors une enfance au village. Dès le bas âge on m'apprit à prier, à connaître et à craindre Dieu.

J'aurais ici bien des observations à faire sur la différence qui sépare, sous ce rapport, les temps actuels du temps d'autrefois. Je n'aime point à médire de mon siècle; et si j'ai su me tenir en garde contre un défaut, c'est particulièrement contre celui de dénigrer injustement le présent au profit du passé. Cependant il ne m'est pas possible de ne pas signaler quelle décadence nos campagnes ont subie, sous le point de vue de l'instruction et de l'éducation de famille. Ainsi, pour parler d'un point fixe, mon père était versé non-seulement dans la connaissance claire, détaillée, des dogmes et de la morale du christianisme; non-seulement il était à même d'expliquer très exactement le symbole et le décalogue; mais il savait encore les cérémonies, les fêtes et les usages de l'Eglise ; il savait quelle épitre et quel évangile devaient se dire en tel jour ; il connaissait le but de telle pratique, et son sens réel ou symbolique ; il savait les principaux traits de l'histoire de la religion, les événements les plus remarquables de l'Ancien et du Nouveau Testament. Je l'entendais souvent accompagner le prêtre dans la récitation des prières publiques, dans l'introït, dans l'offertoire de la Messe, etc.... Il connaissait presque tous les psaumes par cœur, etc.... Et pourtant mon père savait à peine lire, et ne signa jamais qu'avec une croix. Chaque soir, il nous entretenait de quelque vérité de la religion, nous répétant ou nous commentant ce qu'on nous avait appris au catéchisme, avec toute l'exactitude d'un théologien. Aux principales fêtes, il nous exposait le mystère qui en était l'objet, ou nous racontait les traits les plus saillants de la vie du saint qu'on honorait en ce jour.

Eh bien ! je dois le dire, ces leçons simples et paternelles faisaient sur nous une profonde impression. Nous écoutions avec un grand respect. Les plus petits mêmes faisaient silence pour entendre. Et l'on ne saurait croire quelle place occupa toujours dans mon cœur cette première instruction du jeune âge, liée à tous les plus doux souvenirs du foyer. Je sens qu'aucune autre, pas même celle du prêtre, n'aurait pu la remplacer. Les leçons du prêtre sont forcément rares et courtes ; elles ont de plus un caractère d'autorité qui leur donne peut-être un certain poids pour l'intelligence, mais qui les empêche de pénétrer assez avant dans le cœur. L'instruction, au contraire, qui se distribue au foyer, en même temps qu'elle est continue, a quelque chose de grave et de doux tout à la fois qui lui assure l'entrée du cœur. Nous étions tellement habitués à entendre notre père saisir les choses sous le côté religieux, que de lui-même notre esprit se portait aussi dans cette direction, et que rien à nos yeux ne pouvait rendre estimable ce qui contredisait les commandements de Dieu ou de l'Eglise. La religion était bien réellement la lumière de notre intelligence, la règle de nos jugements, le motif de nos actions, et le juge de nos consciences. Nous n'estimions bien que ce que nous savions plaire à Dieu, et mal que ce que nous prévoyions devoir lui déplaire.

Précieuse instruction du foyer, gage de la vertu et de la paix, seul fondement solide du bonheur, qu'êtes-vous devenue depuis? Qui vous apprécie encore, qui vous cherche, qui vous maintient? Hélas! Dieu a disparu, ou est du moins bien près de disparaître de la chaumière du laboureur. Autre temps, autres soucis. L'habitant des campagnes a suivi le torrent des villes; il a déserté le Dieu de sa jeunesse. Je vois les jeunes pères de famille — je dis jeunes, par rapport à moi — se préoccuper de beaucoup de choses, et déployer un empressement, une activité

2

qu'on n'avait peut-être pas de notre temps. Mais je m'aperçois que leurs intérêts spirituels propres et ceux de leur famille entrent pour peu de chose dans ce mouvement incessant et inquiet ; je crois même que c'est en général la chose la plus négligée. Je souhaite que ce changement tourne à bien ; mais j'ai peine à en attendre autre chose que de mauvais résultats.

Aucun événement bien grave ne signala ma première enfance, si ce n'est que le feu consuma notre grangeage et notre écurie. J'avais trois ou quatre ans quand ce désastre nous frappa. On ne sut point alors quelle en était la cause. La voix publique accusa un de nos anciens domestiques, que mon père avait été obligé de renvoyer à cause de sa conduite équivoque. Des indices, qui plus tard acquirent une certaine gravité, désignaient cet homme comme l'auteur de notre malheur : il nous en voulait depuis sa sortie de chez nous, il nous avait menacés, on l'avait vu rôder autour de notre domicile pendant la nuit, etc.... : toutes circonstances qui favorisaient les soupçons conçus sur son compte. Mais mon père n'en voulut rien croire. C'était, disait-il, le *feu du ciel*. Nous étions assez habitués à son langage, pour comprendre ce que cela voulait dire. Il ne nous cachait pas, du reste, sa pensée. — De qui, demandait-il un jour à l'aîné de mes frères, de qui penses-tu que nous viennent les moissons de nos champs, les herbes de nos prés, les fruits de nos arbres? — Du bon Dieu. — Et pourquoi nous les donne-t-il? — Pour sa gloire et pour notre bien. — Mais sa gloire ne passe-t-elle pas avant tout? — Oui: c'est la première fin pour laquelle il nous a créés. — Or, si sa gloire exige qu'il nous mette à l'épreuve, avons-nous lieu de nous plaindre? — Non: il reste toujours le maître de ce qu'il nous donne. — Eh bien! mon enfant, ne nous plaignons donc pas, et disons tous comme le saint homme Job: *Dieu nous l'avait donné, Dieu nous l'a ôté; que son saint nom soit béni!*

Et cependant nous perdions beaucoup. Cet événement faillit nous ruiner. Toutes nos récoltes avaient été consumées, et la plus grande partie de notre bétail périt aussi dans les flammes. Ma mère et mes sœurs pleurèrent beaucoup, et nous autres, plus petits, pleurions aussi comme elles. Mon père seul resta calme, et ne démentit jamais ces sentiments de résignation que l'habitude lui avait presque rendus naturels. — Le bon Dieu, disait-il souvent, sait si ce qu'il nous a ôté nous était nécessaire ou non: dans le premier cas, il nous le rendra; dans le second, nous pourrons nous en passer. Ce sera, disait-il une autre fois, une raison pour nous de travailler davantage. Persuadons-nous que c'est un motif de plus que le Seigneur nous a donné pour nous exciter à reconquérir, par notre diligence, ce que nous avons perdu, sans qu'il y ait de notre faute.

On se remit en effet au travail avec une nouvelle ardeur. Et je ne sais comment cela se fit, si ce n'est que Dieu y mit la main ; mais peu à peu nos brèches se réparèrent, et peu d'années après nous ne nous sentions plus du coup qui nous avait si rudement frappés.

Cette leçon ne fut point perdue pour moi. Plus tard, quand l'âge de la réflexion me vint, je compris le prix de la résignation et de l'abandon à la Providence. Je crois fermement que nous péchons trop souvent par ces deux côtés : on ne sait pas se résigner, on ne sait pas espérer ; la prudence humaine est le mobile de notre conduite. Nous ne comptons que sur nos propres efforts, pour obtenir des profits ou réparer des pertes. Et Dieu, qui est jaloux de l'abandon filial de ses enfants, se plaît à déconcerter les calculs de notre fausse sagesse ; il nous abandonne à elle, nous laisse dans la main de notre propre conseil, et l'expérience prouve souvent combien cette punition est terrible. Oui, oui, heureux l'homme qui sait mettre sa confiance au Seigneur ! Heureux surtout le laboureur, s'il se laisse aller paisiblement au cours de cette bonne Providence, dont l'action doit être si visible pour lui, puisqu'il dépend exclusivement d'elle !

C'est peut-être le cas de signaler ici une différence qui m'a toujours frappé entre le cultivateur et l'homme de métier : c'est que celui-ci, étant l'unique 'agent de son travail, est naturellement tenté de ne le rapporter qu'à lui. En effet, qu'a sous les yeux l'artisan? Ses instruments et son industrie : rien de plus. Le fileur, le tisserand, le manœuvre, ne voyant que le produit de leur volonté, s'apercevant qu'aucune cause étrangère ne se mêle de ce qu'ils font, sont insensiblement conduits à ne songer qu'à eux. Ils tombent dans une sorte d'indifférence ou d'oubli pour cette Cause première dont l'assistance secrète échappe à leurs yeux. Le laboureur, au contraire, est sans cesse rappelé à la pensée d'un agent surnaturel, qui tient en ses mains le résultat de ses travaux. Il sait fort bien que ces moissons, qui lui ont coûté tant de travaux, peuvent lui être enlevées par l'acte d'une volonté supérieure, indépendante, que rien ne peut empêcher ni même prévoir. Il est donc forcé de sentir que s'il travaille, un autre féconde ; que s'il espère, il n'a jamais droit de compter. Le tonnerre qui gronde dans les airs, et auquel l'homme de l'atelier ne fait pas même attention, est pour lui souvent un arrêt suprême, une sentence de vie ou de mort. Et toujours, et malgré lui, en quelque sorte, il est forcé de se souvenir qu'ils sont DEUX pour préparer les résultats; et que c'est en vain qu'il labourera la terre et l'ensemencera, si Celui qui est dans les cieux n'envoie le soleil et la pluie pour féconder la semence, et n'écarte les intempéries des saisons.

Cette réflexion m'a paru importante, et j'en ai conclu, dans mon gros bon sens, que c'est là peut-être qu'il faut chercher la raison pour laquelle l'homme des champs sera le dernier qui retiendra la foi religieuse, et surtout le dogme de la Providence. Il est difficile, il est impossible à un vrai laboureur de ne pas croire en Dieu.

V.

Ma mère.

J'ai quatre-vingts ans, et je ne puis encore prononcer ce nom sans attendrissement. L'amour de ma
mère a occupé dans mon cœur une place que rien
n'a pu remplir. C'est quelque chose d'indéfinissable
que l'ascendant qu'avait pris sur moi cette bonne et
douce créature. Je ne sais si le type que j'ai admiré
en elle se reproduira encore : tant de fermeté alliée
à tant de douceur; tant de bon sens et tant de modestie; tant de sensibilité et tant de force de caractère; une vigilance si grande sur sa famille; tant de
droiture et de délicatesse dans les relations de la vie.
Non : les mœurs modernes ne tendent plus à produire de pareils résultats. D'autres soins préoccu-
pent aujourd'hui les mères de famille. Et pourtant
cette femme n'avait rien d'extraordinaire; elle n'é-
tait point d'une nature à part. Beaucoup de femmes
de son village la valaient sous le rapport de l'intelligence et de l'activité. C'est que la religion, hors de
laquelle il n'y a rien de solide, avait donné une

trempe particulière à cette nature de femme, qui peut tout pour le bien comme pour le mal.

Je le dis avec conviction : c'est par les femmes que la famille, et par conséquent la société, se perd ou se sauve. C'est la femme qui fait les mœurs privées et publiques. Son action saisit l'existence humaine à son point de départ, à sa racine, pour ainsi dire, et lui donne la tournure qu'elle doit conserver. On ne se débarrasse presque jamais entièrement de l'influence maternelle. Ceci était vrai surtout dans le temps de ma jeunesse, quand l'homme passait ordinairement sa vie où il était né, et restait par conséquent bien plus long-temps soumis au joug domestique. Il n'y avait pas d'âge qui dispensât de respecter ses parents. A trente, à quarante ans, on avait encore de la déférence pour eux ; on les consultait, on s'en rapportait à leur avis. L'opinion publique eût flétri l'homme qui aurait, je ne dis pas outragé ses parents, mais seulement affecté d'agir sans les consulter. Les cheveux blancs passaient alors pour l'indice de la sagesse, et non pour le signe de l'imbécillité et du radotage.

Quelque envie que j'aie de ne point médire du siècle actuel, je ne puis m'empêcher de remarquer à quelle distance il est sous ce rapport de celui qui l'a précédé. Je crois voir dans la jeunesse, même des campagnes, une disposition assez marquée à se-couer le joug paternel. Non-seulement on ne con-sulte plus les vieillards, mais on se détourne d'eux volontiers. Autrefois, on cherchait dans le passé des règles pour agir et former sa conduite ; actuellement, on se lance vers l'avenir, on dédaigne ce qui fut, et cela s'appelle le progrès. La sagesse des vieillards, si appréciée dans l'antiquité, est tournée en ridicule par la jeunesse présomptueuse : c'est le fils qui prétend renseigner son père, et la fille diriger sa mère. Autrefois, les parents commandaient ; les rôles sont renversés ; maintenant, ils obéissent. A douze ans, à quinze ans, on les intimide déjà ; à vingt ans, on les épouvante. J'en ai vu trembler devant leurs enfants, et se soumettre aux exigences les plus humiliantes pour obtenir la paix. Et quand ils sont vieux, c'est pire encore : on les dédaigne. Le sort du vieillard, autrefois si heureux, est aujourd'hui bien triste. On le laisse à sa solitude ; et si l'on ne porte pas toujours l'inconvenance jusqu'à lui manquer de respect, on n'a au moins plus pour lui ces égards affectueux que la vénération inspire.

Disons-le aussi, les pères ne sont plus ce qu'ils étaient autrefois. Nul doute qu'ils n'aient perdu jusqu'à un certain point le droit même de se plaindre. Leurs enfants sont ce qu'ils les ont faits. L'insubordination dans la jeunesse suppose le relâchement dans l'autorité paternelle. Mais ceci demanderait un livre à part. Je reviens à ma mère.

Ses soins pour moi furent les plus tendres qu'il soit possible d'imaginer. Peut-être avais-je obtenu de sa part quelque prédilection. Ma première enfance avait été laborieuse et maladive : il n'en faut souvent pas davantage pour séduire entièrement le cœur d'une mère. Cependant cette préférence ne fut point assez sensible pour être remarquée de mes frères et de mes sœurs, et exciter leur jalousie. Nous vécûmes toujours en bon accord.

Les leçons et les exemples de ma mère, sous le point de vue religieux, concordaient parfaitement avec ceux de mon père. On ne voyait point chez nous le triste spectacle d'une contradiction flagrante entre la conduite des deux chefs de la famille. Bien que quelquefois les punitions ou les reproches que mon père nous infligeait parussent un peu durs à notre excellente mère, cependant elle semblait toujours les approuver, et ne les mitigeait jamais de sa propre autorité. Tout au plus intervenait-elle par voie de supplication. Cet heureux accord donna à notre éducation une trempe ferme et solide. Nous étions tellement habitués à toujours voir la raison dans la volonté de nos parents, qu'il ne nous prenait jamais envie d'y opposer la moindre résistance. Il nous semblait entendre la voix de Dieu même. En revenant plus tard sur ces souvenirs de ma première enfance, j'ai pu me convaincre que les ordres de nos parents n'avaient pas toujours été conformes aux règles de la véritable sagesse. Plus d'une fois leur jugement dévia. Mais il n'en résulta pour nous

aucun détriment, et j'en ai conclu que Dieu a surtout égard à la droiture des intentions, et supplée
par sa miséricorde aux imperfections toujours si
grandes de la sagesse humaine.

C'est une précieuse habitude que celle d'élever
toujours les vues des enfants vers un but supérieur.
On a beau se le dissimuler : cette vie si courte ne
sera jamais qu'un passage vers l'éternité. Or, la sagesse ne demande-t-elle pas que, en toutes choses,
on considère surtout la fin? Le voyageur ne songe
qu'au but où il tend, et écarte avec soin tous les
obstacles qui peuvent l'en détourner. Heureux les
enfants que leurs parents ont habitués dès le bas
âge à ne chercher que Dieu et le salut de leur âme!
Rien, du reste, en cela ne gêne le cours des choses
humaines : on n'en est ni moins appliqué à ses oc-
cupations temporelles, ni moins apte à amasser ou
à conserver les biens de la terre. Mon père et ma
mère, bien que constamment préoccupés de la pensée
religieuse, bien que convaincus de la brièveté et de
la vanité des choses d'ici-bas, n'en étaient pas moins
les paysans les plus laborieux, les plus soigneux
d'acquérir, qu'il y eût peut-être dans tout le village.
A les entendre parler, on eût pu croire qu'ils ne songeaient qu'au ciel; à les voir agir, on se serait persuadé qu'ils ne pensaient qu'à la terre. Tant il est
vrai de dire avec l'apôtre saint Paul que *la piété est
bonne à tout !*

VI.

Le seul homme que rien ne remplace.

Il y avait dans ce temps-là une figure qui dominait toutes les autres : c'était celle du prêtre.

On comprend à peine dans notre siècle d'indépendance et d'incrédulité quel rôle jouait le ministre de Dieu, au sein des populations agricoles. C'était bien vraiment le chef et le guide de tous. L'âme n'a pas plus d'empire sur le corps qu'il n'en avait sur tous ses subordonnés. Non-seulement il était écouté dans tout ce qui concernait les devoirs de son ministère ; non-seulement sa parole en chaire, au confessionnal, était reçue comme celle de Dieu même ; mais son influence s'étendait encore sur l'ordre temporel. Son instruction le mettant naturellement au-dessus de ses paroissiens ; et, d'autre part, sa position l'élevant au-dessus de tous les intérêts, il était comme le juge et l'arbitre universel. C'était bien, dans la force du terme, le *juge de paix*. Quand une contestation s'élevait entre deux habitants de la paroisse, il était de droit désigné comme le conciliateur, et rarement en appelait-on de sa décision. Sans doute, son jugement était presque toujours juste ; cependant il lui arrivait quelquefois de se tromper ; mais même dans ce cas, la partie lésée se soumettait à sa sentence, au moins de peur de lui déplaire. Je n'ai pas appris qu'il en soit jamais résulté de bien graves dommages pour qui que ce fût.

Mon père et ma mère avaient pour le vieillard qui desservait notre paroisse une déférence particulière. Ils vénéraient réellement en lui l'image même de Jésus-Christ. Ils semblaient s'être mis avec toute leur famille sous son bienveillant patronage. Ils le consultaient en tout, montraient pour ses avis une soumission parfaite, et n'eussent certainement osé compter sur la protection du Ciel dans une entreprise quelconque, si auparavant l'homme de Dieu n'y eût donné son assentiment.

Et lui, à son tour, le bon vieillard, avait pour nos parents et pour toute leur famille une attention paternelle. Il nous rendait en tendresse et en amitié ce que nous lui accordions en déférence et en respect. Il venait souvent nous voir, s'asseyait près de notre modeste foyer, et conversait familièrement avec nos parents ou avec l'un de nous. Je crois encore sentir sa main caressante poser sur ma tête ou frapper doucement sur mes joues. Souvent il nous amusait par quelque agréable récit, ou nous expliquait un point d'instruction religieuse. Nous aimions surtout à le voir venir à certains jours s'asseoir à notre table, par exemple aux fêtes de nos parents : il était alors d'une admirable gaieté; sa mémoire, fournie de mille petites anecdotes plus ou moins drolatiques, ne laissait presque pas reposer notre attention; et son air de bonhomie et de simplicité ajoutait un charme particulier à tout ce que racontait sa bouche. C'étaient nos jours les plus heureux; surtout quand nous avions été sages et que nos parents n'avaient que du bien à dire de nous. Certes, ces joies étaient simples, on en conviendra; eh bien! leur souvenir embaume encore ma vieillesse.

Mais ce même prêtre, si bon et si familier avec nous au coin du feu, reprenait dans le sanctuaire toute sa dignité et toute sa gravité. Nous le voyions alors à une énorme distance de nous. Jamais la condescendance qu'il nous avait témoignée ne compromit le respect que nous lui devions. Sa figure sérieuse était tout à coup devenue austère, et la bouche qui prononçait en chaire ou au catéchisme de si graves vérités, ne nous paraissait plus être celle qui nous avait débité la veille des contes à faire mourir de rire.

Aujourd'hui, le prêtre est banni de la société intime du laboureur : en général on le respecte encore, mais on ne l'aime plus. Mille préjugés sont descendus des villes dans les campagnes, et y ont pris racine. On n'est pas loin de regarder le prêtre comme un ennemi. Le moderne libéralisme est à peu près venu à bout de persuader à l'habitant des hameaux qu'écouter son curé c'est faire acte de servitude ou de bêtise. Hélas! il n'est pas même rare de rencontrer de prétendus esprits forts, des incrédules en habit de bure et en bonnet de coton, résister ouvertement au ministre de l'Evangile, et comploter pour lui rendre la vie désagréable ou le ministère difficile. Je ne sais ce que les campagnes auront jamais à gagner à ce changement de conduite. Ma longue expérience m'a appris que de tous les conseillers et de tous les guides que l'homme peut rencontrer sur cette terre, le plus sûr est le prêtre. Le prêtre est, en général, l'esprit le plus juste et le cœur le plus pur. Sa position même, son éducation, son genre d'instruction, la route qui lui est tracée par son devoir, en font nécessairement l'homme le plus désintéressé, le plus impartial, le plus véritablement désireux du bien de son prochain. Sans doute, on trouve — et j'ai vu moi-même — des amis de l'humanité, dont il faut estimer les avis et apprécier les efforts; mais trop souvent des vues humaines, l'amour de la gloire, gâtent des œuvres ou des leçons louables d'ailleurs. C'est chez le prêtre que j'ai en général trouvé le moins de ces défauts inhérents à notre pauvre nature. Lui fait le bien pour le bien; il agit sans aucun espoir de récompense humaine; la plus grande partie de ses actions se font dans l'obscurité. Que de démarches utiles que personne ne connaîtra jamais! Que d'aumônes spirituelles et temporelles versées en secret! Que de sacrifices qui ne sont connus que de Dieu seul! Et, bien loin de recevoir sa récompense en éloges ou en reconnaissance de la part des hommes, ne le voyons-nous pas souvent agir contre le torrent de l'opinion, braver, pour remplir son devoir, l'opposition la plus injuste et la plus tenace? Ne tient-il pas à notre bien souvent plus que nous-mêmes? Que d'hommes sauvés par le prêtre, pour ainsi dire, malgré eux!

Je voudrais surtout qu'on se souvînt des services que le sacerdoce catholique a rendus au monde. Je voudrais que le laboureur n'oubliât pas, en particulier, que c'est à l'action bienfaisante du prêtre qu'il a dû longtemps ce calme profond, cette pureté et cette simplicité de mœurs, qui faisaient des campagnes un si agréable séjour. Car, si ce n'est au prêtre catholique, à qui donc fut-on redevable de cette ère de paix? Qu'on examine, pour preuve, les villages où l'autorité du prêtre ne règne plus. N'est-il pas vrai que c'est là surtout qu'on voit les vieilles mœurs s'effacer, la paix disparaître, l'immoralité, les divisions, la débauche s'établir et exercer leurs ravages? L'influence du prêtre fut toujours, et sera à jamais le thermomètre du bien-être moral des campagnes. Supposez au prêtre l'ascendant qu'il doit avoir, et vous verrez l'ordre régner dans la commune, et la paix dans les ménages ; les pères conserveront leur autorité à la fois douce et ferme ; les enfants seront dociles, la jeunesse rangée ; on évitera les divisions et les procès ruineux ; l'ivrognerie sera inconnue ; le riche généreux n'aura rien à craindre du pauvre ; le pauvre secouru respectera les droits du riche ; en un mot, partout l'ordre régnera, et la tranquillité publique aura sa base dans la tranquillité privée. Supprimez, au contraire, l'empire du prêtre sur l'habitant des campagnes, c'est le tableau opposé qui sera vrai. J'en pourrais citer de nombreux exemples, et chaque jour ces exemples tendent à se multiplier.

Oh ! qu'ils sont coupables, ces écrivains pervers, ces gouvernants à courte vue, qui ont travaillé à détruire l'influence du prêtre !

Oh ! qu'ils sont aveugles, les laboureurs qui ont donné dans ce piège perfide, et se sont ainsi laissé décapiter !

Avant peu, les uns et les autres recueilleront les fruits de leur folie.

VII.

Mon éducation.

Le système de nos parents était de nous donner
le genre d'instruction que comportaient notre condition et les besoins de l'époque : ce qui veut dire
que nous apprîmes tous à lire, quelques-uns à
écrire, et un ou deux à calculer. — Dans mon temps,
disait mon père, on n'avait pas besoin de savoir tout
cela ; mais le siècle a bien marché depuis. Je ne
veux pas que mes enfants soient trop en arrière. —
On le voit, il aimait le progrès à sa façon. — Je
remarque, ajoutait-il, qu'à mesure qu'on devient
plus savant, on devient plus rusé. A mesure que
l'instruction vient, la bonne foi s'en va. — Personne
ne saurait nier cette vérité, que chaque jour rend
de plus en plus sensible.

En effet, on imaginerait à peine, dans notre siècle
de duplicité, de finesse et de papier timbré, jusqu'à
quel point la parole était autrefois l'expression de la
pensée, et avec quelle force elle liait la volonté.

Presque tous les contrats reposaient sur elle. On convenait des conditions d'un marché, on se touchait en main, on buvait une *pinte*, et l'affaire était réglée pour toujours. Que de possessions, que de droits dont il eût été impossible de montrer un seul titre ! Les enfants tenaient respectueusement aux conventions de leurs pères. Et aujourd'hui, nous voyons les contrats les mieux réglés, les plus détaillés, prêter matière à une foule de procès ! Ah ! c'est que la bonne foi remplace tout, et que rien ne la remplace.

Habitants des campagnes, si la bonne foi se retire du milieu du monde, qu'elle ait au moins un asile dans votre cœur et sur votre bouche ; que son dernier sanctuaire soit le foyer du laboureur.

La nature m'avait doué d'une certaine facilité ; j'appris vite à lire et à écrire. Nos parents ayant besoin du travail de leurs enfants, surtout après le désastre qui nous avait frappés, nous n'allions en classe que les trois ou quatre mois d'hiver. C'était le genre adopté alors. Je fus donc environ quatre hivers à l'école ; et pendant ce temps, malgré des interruptions si prolongées, j'acquis assez de science pour être évidemment le premier de tous mes condisciples. Je ne crois pas m'en être jamais prévalu. J'avais trop bien appris de mes parents et de M. le curé, que c'est Dieu qui dispense les talents à son gré, et que nous ne devons jamais nous glorifier

si nous en avons reçu plus qu'un autre, puisque
nous n'y avons pas le moindre mérite. Bien loin de
mépriser ceux qui étaient au-dessous de moi, je
leur montrais, au contraire, une véritable bienveil-
lance, en les aidant, par exemple, à surmonter les
difficultés qui surpassaient leurs forces. Cela me
valut l'amitié de tous. En me laissant aller à une
vanité, peut-être bien naturelle à mon âge, je me serais infailliblement attiré des jalousies et, par suite,
des inimitiés ; en me montrant indulgent envers tous,
j'ai eu la consolation de n'avoir que des amis, dont
le plus grand nombre m'ont été attachés jusqu'au
tombeau.

Je dis ceci simplement et sans amour-propre, pour
faire voir quelles profondes racines jettent toujours les
leçons d'un bon père. C'était à lui que je devais ces
sentiments de modestie, cet art de rester l'égal de
chacun, quand j'étais le supérieur de tous. Sans cesse,
j'étais ramené par les leçons paternelles à la considération de ma propre misère. On ne me laissait
jamais oublier que Dieu seul est grand, que tout
don vient de lui ; on m'apprenait que quand même
toute science, toute richesse, toute puissance et toute
gloire seraient réunies en un seul homme, ce ne serait encore rien en comparaison de cet immense
Océan de beauté, de force et de grandeur, devant
qui toute créature n'est que pur néant. On m'ac-
coutumait surtout à voir ce qui me manquait,

beaucoup plus que ce que je pouvais avoir, et par là on m'ôtait jusqu'à la pensée de me prévaloir d'une faible supériorité.

C'est un grand tort, selon moi, que celui de gonfler outre mesure la vanité des enfants. Et, pourtant, fait-on autre chose aujourd'hui? On dirait que père, mère, parents, maîtres, amis, tout conspire pour inspirer à l'enfant une haute idée de lui-même. A peine peut-il ouvrir la bouche, qu'on lui fait déjà compliment sur son esprit. Le sentiment de la vanité est éveillé chez lui presque en même temps que celui de l'existence. Une coutume surtout s'est établie depuis quelque temps dans nos écoles de village, laquelle me paraît tenir au plan général qui semble adopté pour faire grandir partout l'orgueil humain. Je veux parler de l'habitude de donner des prix, c'est-à-dire des primes à la vanité. C'est l'émulation qu'on se propose d'exciter: on ne stimule guère que l'orgueil. J'ai vu en général ceux qui sortaient des écoles publiques chargés de récompenses, devenir pour l'ordinaire de fort mauvais citoyens. Ce que je dis s'applique surtout aux écoles d'enseignement secondaire. On peut en penser ce que l'on voudra: mais voilà l'opinion d'un vieux paysan. On voit chaque jour le nombre des ambitieux augmenter; la société est rongée, en quelque sorte, par une foule de mécontents, que des succès littéraires avaient enflés, qui se croyaient capables de tout, et qui ne pouvant, à cause de la foule des concurrents, arriver à rien, déversent sur la société même l'aigreur qui les tourmente. A quoi cela tient-il en bonne partie? A ce qu'on a déplacé le mobile de la conscience, et fondé sur les exigences de l'orgueil ce qui ne devait reposer que sur le sentiment du devoir.

VIII.

Le choix d'un état.

Mes succès si visibles à l'école et au catéchisme flattaient naturellement l'amour-propre de mes parents. Ma mère surtout y paraissait fort sensible, et, certes! quelle que fût d'ailleurs sa vertu, il n'y a pas lieu de s'en étonner. L'idée lui vint alors de profiter des heureuses dispositions dont je paraissais doué, pour me destiner à un état plus relevé que la modeste condition où le Ciel m'avait fait naître. C'est toujours du cœur d'une mère que part la première pensée ambitieuse sur le compte d'un enfant. Hélas! ces pauvres femmes ne peuvent s'empêcher d'aimer plus qu'elles-mêmes les fruits de leurs entrailles, et de rêver pour eux un état meilleur que celui où elles ont vécu; une part plus légère aux travaux et aux douleurs dont elles ont fait la triste expérience.

Mon père parut écouter sans peine les projets de ma mère; un instant même il les partagea. Mais bientôt son bon sens naturel l'emporta. Il se de-

manda si le bonheur était bien réellement en proportion de la hauteur de la condition, et si la raison
de la félicité n'est pas plutôt dans le cœur et
dans la disposition intérieure de l'homme, que
dans la position et dans les avantages extérieurs
dont il peut être favorisé. Son jugement net et ferme
puisa bien vite dans le sentiment religieux la réponse
à cette question. Il comprit que, n'ayant point été,
lui, trop malheureux dans la condition de cultivateur, il n'y avait pas de raison pour que ses enfants
le fussent davantage après lui. — Ou ils seront raisonnables, disait-il à ma mère, ou ils ne le seront
pas : dans le premier cas, ce qui nous a suffi leur
suffira ; dans le second, une condition plus brillante
et une plus grande fortune ne les rendraient pas
plus heureux. Il fut ainsi décidé que je resterais laboureur.

C'est, assurément, un des grands malheurs de
l'époque actuelle, que ces sentiments de modération
disparaissent du sein de la classe agricole. L'ambition, qui travaille tous les rangs de la société, a
aussi pénétré chez elle. L'accessibilité des emplois
pour tous a une apparence d'équité qui séduit : en
résumé, et pratiquement parlant, c'est un leurre. Il
n'est certainement pas nécessaire que tout le monde
parvienne ou puisse parvenir à quelque fonction so-
ciale ; mais ce qui est nécessaire, c'est que la paix
règne dans les esprits et dans les cœurs.

Or, répétons-le, la paix est incompatible avec l'activité torturante de l'ambition. Tous les esprits éclairés reconnaissent que l'une des principales causes du trouble qui règne maintenant dans le monde, est cette aspiration turbulente des classes inférieures vers les conditions élevées. Un cours d'études ne mène pas toujours aux emplois, tant s'en faut; quand il y conduit, il rend peut-être l'homme plus instruit, il ne le rend pas meilleur; et quand il n'y conduit pas, il mène infailliblement au mécontentement, à l'aigreur, au goût des révolutions.

Laboureurs, le sol que vous cultivez est trop dur, le cercle de vos travaux trop pénible pour perdre ainsi les fruits de vos sueurs. Il est triste de voir une famille entière se livrer à des labeurs ingrats et continus; un père, une mère, s'épuiser pendant toute une année, pour fournir aux dépenses qu'occasionne l'éducation d'un de leurs enfants, qui, s'il ne parvient pas à l'objet de ses désirs — et c'est ce qui arrive dix-neuf fois sur vingt — devient le fardeau, la croix, et souvent même l'opprobre de ses parents.

Habitants des campagnes, défiez-vous de ces perfides séductions de l'amour-propre. Quelques exemples, il est vrai, sont là pour vous encourager. Mais combien y en a-t-il? Pour un qui réussit, combien manquent leur but? Et cette coupe est de celles où l'on ne boit jamais impunément. Toujours, ou presque toujours, l'enfant qui a fréquenté les collèges perd le goût de sa condition ; il aspire à un état plus élevé ; il prend en pitié l'ignorance et la rusticité de ses parents, la simplicité du village, les pratiques de la religion, les saines traditions du foyer. Il ne voit plus que de loin et avec dédain ses liaisons d'enfance, ses croyances naïves d'autrefois ; son imagination rêve d'autres choses, et c'est presque un miracle s'il ne verse pas honteusement dans les voies de la débauche.

Encore une fois, paisibles laboureurs, vos sueurs méritent un autre prix. Oh ! mettez-vous en garde contre ce piége funeste ! Mieux vaut mille fois un honnête cultivateur qu'un savant parleur ou un bel esprit révolutionnaire et impie.

C'est vous, c'est votre classe qui fournit surtout des soldats à l'ordre et des défenseurs à la patrie ; n'allez pas vous mettre sur le pied de préparer des recrues pour les révolutions et des champions pour l'émeute.

IX.

Un vide.

Notre vieux curé n'avait point encore donné son avis sur la question de ma destinée future. Nos parents étaient cependant dans l'habitude de ne rien faire, et presque de ne rien penser, sans l'avoir préalablement consulté. Mais il leur avait tant de fois répété que l'ordre de la Providence est que le fils suive la voie tracée par son père, qu'ils n'auraient osé, en vérité, lui exprimer le désir de voir un de leurs enfants quitter, pour un état plus relevé, le soc de la charrue.

Et pourtant le bon vieillard songeait à moi. La facilité avec laquelle je résolvais les questions, quelquefois fort difficiles, qu'il proposait au catéchisme, avait nécessairement attiré son attention sur mes dispositions naturelles, et lui avait fait naître la pensée que Dieu me destinait peut-être à une plus haute vocation. Il me nommait volontiers son *petit théologien*. Toutefois les éloges qu'il m'accordait de temps à au-

tre étaient bien tempérés par la sévérité de ses reproches, et par la gravité habituelle qu'il mettait dans
ses relations avec nous. C'était son art d'être familier
et sévère tour à tour, et dans la juste mesure. Ma
conduite ne démentant point d'ailleurs mes talents
naturels, le saint prêtre avait songé à faire de moi
un Capucin.

Il faut avoir vu et comparé les deux époques, pour
sentir quel vide la suppression des ordres religieux a
laissé dans le monde. Si j'étais plus savant, je mon-
trerais quel coup leur absence a porté à la science et
à l'instruction publique. J'ai ouï dire que les grandes
entreprises littéraires et scientifiques sont tombées
avec eux ; que nous voyons aujourd'hui un grand
nombre de demi-savants, aussi superficiels que ba-
vards, mais fort peu de savants et d'érudits de bon
aloi. Cette question dépassant ma portée, je laisse à
de plus instruits le soin de l'éclaircir. Tout ce que je
sais, c'est que si le vide laissé en haut est aussi grand
que celui d'en bas, on aura de la peine à le combler.

Car vraiment, ces bons religieux se mêlaient à
tout. Mes compatriotes savent, et ceci n'est point une
vanterie de ma part, que j'ai réussi à introduire plusieurs améliorations dans la culture de notre territoire, et que mon nom même demeure attaché à certains procédés, à certains instruments et à quelques
changements avantageux dans la méthode d'assoler
la terre. On veut bien me faire honneur de tout cela :

on a tort : la gloire en revient à un saint Trappiste de
mes amis, nommé le frère Dosithée, qui était bien
certainement un des plus habiles agronomes qui exis-
tassent dans ce temps-là. Les Jésuites eux-mêmes,
qui étaient pourtant des hommes bien savants et aussi
habiles à écrire des livres qu'à enseigner la jeunesse,
les Jésuites, dis-je, n'avaient pas dédaigné de s'occuper de l'art nourricier des états, et ont rendu à l'a-
griculture des services que l'on n'a bien appréciés
que depuis que l'on en a été privé. Voici ce que je
lisais dans une gazette de la Révolution, et ce mot
m'a frappé parce qu'il sortait de la bouche d'un régicide : « Je ne crois pas qu'on doive abolir en
» entier les établissements religieux... Le culte, les
» sciences et l'AGRICULTURE demandent que quelques-
» uns soient conservés.... Les moines ne sont pas,
» dit-on, nécessaires à l'agriculture : non, mais ils
» lui sont utiles. On sait combien les campagnes ont
» perdu à la suppression des Jésuites (1). »

Mais, ce qui rendait surtout ces institutions pré-
cieuses aux habitants des campagnes, c'étaient leurs
rapports quotidiens avec eux, c'était la douceur de
leur commerce, c'étaient les services que ces bons
moines ne refusaient jamais ; c'était surtout cette
double leçon de la parole et de l'exemple, qui main-
tenait l'homme des champs dans la ligne du devoir,

(1) Grégoire, *Disc. à l'Assemblée nationale.*

et rappelait sans cesse à leur immortelle destinée des esprits toujours trop disposés à s'incliner vers la terre.

On n'a pas assez réfléchi à l'influence qu'exerçaient, sous ce point de vue, les ordres religieux. Je sais ce qu'il y a eu d'abus dans plusieurs d'entre eux ; j'ai entendu et j'ai pu vérifier par moi-même les reproches qu'on leur a adressés. Les diatribes inspirées par l'esprit révolutionnaire sont à peu près tout ce que bien des gens savent aujourd'hui des moines. Eh bien ! je n'hésite pas à dire que cela a été singulièrement exagéré ; et que, à tout prendre, le bien que faisaient les monastères était incomparablement au-dessus du mal que pouvait produire le mauvais exemple de quelques-uns de leurs membres.

Oui, je dis qu'il faut à tout homme un moniteur pour le rappeler à sa fin première. Oui, je dis que comme le sel est nécessaire pour empêcher la chair de se corrompre, ainsi il faut, ici et là, des exemples de vertu pour garantir la société de la gangrène du vice. L'exemple a sur l'homme une influence que l'on ne saurait nier. En voyant le Trappiste partager ses heures entre le travail et la prière, le laboureur comprenait qu'il y a temps pour tout. Il n'eût pas même songé alors à violer le saint repos du dimanche, sous prétexte que ses récoltes fussent en danger : car le monastère ne travaillait pas ce jour-là, et pourtant rien ne s'y perdait. Malgré ces longues prières, mal-

gré des offices de jour et de nuit, malgré un grand
nombre de jours fériés, jamais la besogne des moines
n'était en retard ; leurs champs étaient toujours labourés à temps, et leurs vignes taillées dans la saison.
Et la réputation de sainteté qui s'attachait à tel et tel
de ces cénobites, répandait comme une bonne odeur
de vertu dont chacun profitait. Je ne parle pas de la
prédication, de la confession, de la visite des malades,
du soin des pauvres, de toutes ces œuvres de charité spirituelle et corporelle dont ces maisons étaient
l'inépuisable foyer. Il faudrait, pour traiter un tel
sujet, plus de science et de talent que je n'en ai,
moi, pauvre laboureur ; mais je ne puis m'empêcher
de protester contre des reproches trop répandus, et
dont j'ai été à même de constater l'exagération. Oui,
laboureurs, je le répète haut et ferme :

La suppression des ordres religieux vous a fait un
tort que rien ne réparera.

X.

La plus grande action de ma vie.

Le bon vieillard ne m'avait jamais parlé de ses projets sur moi : je ne les ai sus qu'après sa mort. Il craignait de me donner une trop haute idée de ma propre valeur, de me dégoûter peut-être de l'état de mon père ; et, dans le cas où Dieu ne m'aurait point appelé à la vie religieuse, d'engendrer dans mon âme ce malaise qu'y cause toujours l'amour-propre désappointé.

J'allai donc quatre hivers à l'école, et, après ma première communion faite, je dus travailler avec mes parents.

J'ai parlé de ma première communion : je ne puis laisser tomber ce mot sans lui donner un souvenir.

Cet acte est, sans contredit, le plus sérieux de la vie. Il termine, à proprement parler, le premier âge de l'existence : il commence la vie chrétienne. Je n'ai rien fait avec autant de réflexion et de gravité. Cette impression a été, et demeurera à jamais la plus pro-

fonde que j'aie éprouvée. J'ai reçu, depuis, bien des
fois le corps de mon Dieu ; mais jamais cette action
sublime ne m'a pénétré aussi vivement. L'ardeur de
ma foi était telle que je ne sais si mon respect et ma
religieuse terreur eussent été plus grandes, dans le cas
où Dieu m'aurait visiblement apparu. C'était tout à
la fois de la crainte et de l'amour, de l'hésitation et
de l'empressement, du sévère et du doux. Non, je
n'ai jamais goûté une semblable félicité dans ma vie :
je n'ai jamais retrouvé ce rayon de miel. Je me souviens que le dimanche qui suivit, notre curé me demandant ce que c'est que le ciel : encore tout entier
à l'impression de la grande action que j'avais faite,
je lui répondis vivement : Le ciel, c'est une première
communion qui dure toujours.

C'était là l'expression vraie de mes sentiments. Et
ils étaient, je le crois, plus ou moins partagés par
tous mes petits compagnons. La plupart d'entre eux
fondaient en larmes, pendant la courte mais pathé-
tique allocution que le prêtre nous adressa au moment où nous allions nous approcher, pour la première fois, de la table sainte. Depuis six mois, que
dis-je? depuis que nous avions eu l'usage de raison,
on ne cessait de nous entretenir de cette grande action. Nos esprits en étaient entièrement occupés ;
c'était comme le point culminant de notre existence.
Quoi d'étonnant alors, qu'au jour où l'acte si longtemps prévu, redouté, désiré, se consommait, il y eût

4

comme une explosion de notre tête et de notre cœur ?
Toutes les facultés de l'être se trouvaient condensées
sur ce seul point.

Les choses ont quelque peu changé depuis. Il faut
bien se mettre dans l'esprit que l'ordre surnaturel
était alors celui qui préoccupait le plus tôt, et le plus,
l'esprit de l'enfant. On ne voyait, on ne jugeait, on
ne sentait que par la religion. Aujourd'hui, dès que
l'enfant jouit d'une première lueur de raison, son
attention est attirée sur des objets terrestres. C'est
dans l'ordre des choses matérielles qu'il est d'abord
placé, et, pour ainsi dire, enfermé. La religion n'est
guère pour lui qu'un accessoire. Sans doute, le prêtre, qui a autant et, peut-être, plus de zèle aujourd'hui
qu'autrefois, fait tous ses efforts pour fixer la pensée
de son petit troupeau sur les choses surnaturelles.
Certes ! ni les catéchismes, ni les instructions de
toute sorte, ni les confessions, ni les encouragements,
ne sont épargnés. Mais qu'est-ce que cela, quand, à
peine rendu à la vie domestique, l'enfant se retrouve
livré à des pensées, à des impressions toutes différentes ? quand il voit la doctrine du prêtre contredite
de point en point par le langage ou par la conduite
de ses parents ? quand il sent tomber pièce à pièce
l'édifice qu'on avait eu tant de peine à construire
dans sa tête ? Là où les parents ne le secondent pas,
le zèle du prêtre est à peu près impuissant.

Eh bien ! voyez, à propos de première communion, ce qu'un enfant doit penser de cette action si importante et si glorieuse. Sans doute, il comprend que c'est une cérémonie nécessaire; on lui en a parlé de bonne heure : personne, il le sait, ne s'abstient de s'asseoir au moins une fois à la table sainte. Il voit même qu'une espèce de déshonneur s'attache à celui qui se dispense de cette initiation à la vie chrétienne. Mais, au fond, sous quel point de vue ce grave devoir se présente-t-il à lui? Comme une cérémonie à peu près toute extérieure. Il sait que la première communion une fois faite, on se croit quitte avec Dieu, ou du moins avec l'adorable Sacrement de nos autels. Il se réjouit, il est vrai, de l'approche de ce jour ; mais c'est pour y figurer, et, s'il le peut, y briller. C'est une sorte de parade pour lui. Une petite fille surtout se réjouira en pensant aux beaux habits que l'on doit, suivant l'usage, lui préparer pour ce jour-là ; c'est sa toilette qui l'occupe, beaucoup plus que tout le reste. Et la mère fait tout ce qu'il faut pour donner cette direction à l'esprit de sa fille, l'entretenant volontiers de sa robe ou de son bonnet, mais fort peu de la grandeur du Dieu qui doit venir, et des dispositions nécessaires pour le bien recevoir.

En somme, à supposer que l'enfant ait attaché à ce grand acte toute l'importance qu'il mérite, cette impression passera vite, quand il s'apercevra que ses parents, qui ont fait comme lui une première communion, s'en sont tenus là.

Naturellement le fils imite son père, et la fille sa mère.

Dieu soit loué! jamais nos parents ne nous donnèrent le funeste exemple de l'abandon des sacrements. L'effet produit par ma première communion dura donc longtemps chez moi. Le parfum de piété et de bonheur qui avait embaumé mon âme ce jour-là, passa sans doute, comme passe le parfum d'une fleur; mais les fruits restèrent.

Quant à notre toilette, elle nous avait peu préoccupés. Une de mes sœurs, qui fit sa première communion avec moi, n'eut de neuf qu'une paire de souliers, et, je crois, une coiffe de taffetas noir. Pour moi, j'avais hérité de l'habit de mon parrain, que l'on me rajusta et qu'on fit le plus ample possible, afin qu'il me servît longtemps. Mais mon père et ma mère, qui communièrent aussi ce jour-là, avaient mis, l'un le grand habit de drap gris qui avait servi pour ses noces, et l'autre, l'unique paire de souliers qu'elle eût eus dans sa vie, et qu'elle gardait soigneusement dans son buffet, pour ne les exhiber qu'aux grands jours.

XI.

Le travail des champs.

Dans un siècle comme celui où je finis ma carrière, je sens que ma jeune âme eût été mal à l'aise avec la conscience des dispositions heureuses dont la nature m'avait doué. Je me serais cru appelé, au moins, à être un haut fonctionnaire de l'État. En ce temps-là, je n'eus pas même une seule fois l'envie de sortir de ma condition. On m'aurait fait rougir jusqu'au blanc de l'œil, en m'adressant un compliment. L'idée ne me venait même pas que je pusse songer à être autre chose que ce qu'avait été mon père.

L'enfant du laboureur contracte de bonne heure un véritable attachement au lieu qui l'a vu naître. On comprend que la plupart des hommes qui foulent la terre sans la travailler, la connaissent moins et l'aiment moins que celui qui lui consacre ses travaux et son temps. La terre est une amie de cœur pour l'habitant des campagnes. L'affection que le savant porte à ses livres, le laboureur l'a pour ses champs. Le territoire du village est vraiment pour lui comme un grand livre, dont il connaît toutes les pages. Il n'est pas un angle de terre, pas un coin de pâturage, pas une haie, auxquels ne se rattachent pour lui les souvenirs les plus variés et les plus doux. Hélas ! l'homme aura beau faire pour concentrer tout son être sur le présent : toujours il sera condamné à demander le bonheur ou à l'avenir par l'espérance, ou au passé par le souvenir.

Me voilà vieux : eh bien ! à travers les événements qui ont rempli ma vie, ce qui est resté le plus ferme, ce qui a le mieux résisté au choc du temps, ce sont mes souvenirs d'enfance. Ils sont encore là, frais, purs, embaumés, vivaces même : pareils à ces pousses vertes qui percent sous les décombres.

C'est de l'ensemble de ces petits liens que résulte l'attachement pour la patrie, qui caractérise en général l'homme des champs. Personne n'aime son pays comme lui. Je parle surtout du temps d'autrefois. L'enfant de la campagne est comme ces plantes aux mille racines, qu'on ne peut extirper sans les briser. C'est lui surtout qui, dès qu'une circonstance fâcheuse, comme la milice, par exemple, l'arrache à sa patrie, souffre et pleure ; c'est lui surtout qui aime à recevoir des nouvelles *du pays,* qui s'intéresse à tout ce qui lui rappelle le nom de ceux qu'il a aimés.

Méfiez-vous du laboureur qui abandonne la terre qui l'a vu naître. C'est qu'il y était mal famé, ou que la détresse, jointe à l'inconduite, l'oblige à chercher ailleurs des moyens d'existence. Le vrai laboureur, c'est-à-dire l'homme rangé, économe, laborieux, bon chrétien, bon père, époux fidèle, celui-là, dis-je, sauf quelques rares exceptions, vivra et mourra où il est né. L'ouvrier quitte volontiers le lieu de son berceau ; le besoin de se perfectionner, le goût des aventures, trop souvent les habitudes de la débauche, lui font bientôt prendre en dégoût sa terre natale. Il s'en va vers les grandes cités ; car c'est là surtout que ses talents, ou ses espérances, ou ses mauvais instincts, espèrent trouver leur compte. Je ne dis pas qu'il oublie entièrement la terre où il est né ; mais il y pense peu, il y pense moins, et il est bien rare qu'il y revienne.

Le travail des champs a cela de propre qu'il est aussi sain pour le corps que pour l'âme. En même temps qu'il infuse aux membres une vigueur particulière, il ne trouble nullement les puissances de l'esprit. L'homme des campagnes travaille ordinairement seul, en face de la nature et de Dieu. Il est par conséquent exempt des inconvénients qui s'attachent aux réunions, au contact des hommes entre eux. Dans toute aggrégation d'êtres pour le même travail et sous le même toit, les

vices se mettent en commun, et les vertus s'i-
solent.

J'ai été très frappé de la justesse d'une réflexion
que j'ai lue par hasard dans un livre, et je ne résiste point au désir de la transcrire : « L'air des
champs, y est-il dit, a une qualité occulte, une
vertu cachée que rien ne remplace. C'est là que nos
rustiques aïeux acquéraient cette force de constitution physique et morale qui se perd au sein des
villes. La délicatesse des hautes classes les empêche
de jouir des bénéfices de la nature. On reste dans
la sphère des exercices qui font le gracieux et le
joli, au lieu du mâle et du grand. A quels excès
n'arrivent point, sous ce rapport, certaines personnes du grand monde ! Il y a des femmes dont les
sens sont si susceptibles que, dans la nuit, les
simples craquements d'un charbon éteint les em-
pêchent de dormir. On sait quels succès obtenait,
dans le siècle passé, le célèbre Tronchin, en obli-
geant ses vaporeuses clientes à faire le travail
de leurs femmes de chambre et de leurs cuisi-
nières. »

Et, parlant de cette même catégorie de personnes
sensuelles, l'auteur ajoutait : « Il y a des gens,
comme dit Cheyne, qui regardent leur médecin
comme leur blanchisseuse, à qui ils donnent leur
linge sale à blanchir dans l'intention de le salir de
nouveau ; ils ne veulent être délivrés du danger pré-

sent que pour être en état de recommencer leurs débauches (1). »

Je me souviens que, dès que je fus en état de réfléchir, j'éprouvais un grand plaisir à voir nos campagnes et à y travailler. L'habitude que j'avais contractée dans l'éducation, de retrouver partout l'idée de Dieu, jetait sur les tableaux divers qui se déroulaient devant moi comme une sorte de teinte religieuse. J'éprouvais une joie sincère et profonde à voir la nature sous ces aspects d'abondance et de fertilité, qui plaisent surtout aux laboureurs. La plus douce récréation de notre bon père était de conduire sa femme, le dimanche, dans nos champs : comme les travaux du ménage retenaient presque toujours la pauvre mère à la maison, c'était pour elle un bonheur sensible de voir les sillons verts, au printemps, et de se livrer à l'espérance d'une riche moisson. Cette joie, nous la partagions. Mon âme, naturellement plus poétique peut-être, trouvait ses délices à écouter le chant matinal de l'alouette, à voir la verdure naissante des prés et des bois : à certains jours du mois de mai surtout, quand la nature s'étale, pleine de force et de fraîcheur, aux rayons d'un chaud soleil, j'éprouvais une sorte de transport de joie. L'hiver me semblait long, princi-

(1) Le doct. Deray : *Perfectionnement physique et moral de l'homme, considéré particulièrement dans ses rapports avec la civilisation moderne.*

palement parce qu'il prive le laboureur du travail des champs.

J'avais obtenu, par mes succès au catéchisme, deux prix, c'est-à-dire deux livres, que je lisais continuellement. Je les savais littéralement par cœur, et, malgré cela, je les relisais toujours avec un nouveau plaisir. L'un était une *Vie de Saints* abrégée, où l'on trouvait une courte notice sur le saint de chaque jour. Tous les soirs mon père m'en faisait lire une à haute voix, et les traits qui m'avaient d'abord frappé se gravaient ainsi de plus en plus dans ma tête. L'autre était un récit de voyages. Si le premier parlait mieux à ma raison et à mon cœur, celui-ci plaisait davantage à mon imagination. Mais toutes mes lectures se bornaient là. Dans ce temps, les livres étaient rares. Je vois aujourd'hui la jeunesse de nos campagnes lire avidement toutes sortes de livres : c'est là un grand mal. Il est impossible que la foi et les mœurs se maintiennent au milieu de cette passion de la lecture, qui livre en pâture à de jeunes imaginations une si grande quantité d'idées étrangères ou opposées aux principes de leur éducation. Le roman est à la mode : et il me revient que très souvent la morale et le dogme sont blessés par ces impures productions. Quelle calamité! Du reste, ces lectures n'eussent-elles d'autre effet que de monter la tête, que de repaître de chimères, que d'arracher les jeunes gens à la vie pratique pour

les jeter dans une sphère d'aventures, si peu faite
pour l'esprit positif du laboureur; n'eussent-elles,
dis-je, d'autre effet que celui-là, elles seraient
déjà un grand mal. On m'a cité plusieurs traits de
jeunes gens, de jeunes filles surtout, qui se sont
laissées prendre à ces piéges perfides, et ont retracé
dans leur conduite les exemples romanesques des
personnages qu'elles avaient admirés dans leurs lectures. Ce qui veut dire qu'elles sont devenues la
honte de leurs familles, le scandale de leurs pa-
roisses et le déshonneur de leur sexe.

Dans ma jeunesse, de pareils malheurs n'eussent
point été à craindre. On restait dans le positif. Personne n'eût ajouté foi à ces chimériques créations,
qui ont aujourd'hui tant de vogue. Le siècle actuel
m'a l'air d'un enfant qu'on amuse avec des contes,
ou d'un vieillard tombé en radotage. Dans les âges
qui l'ont précédé et qu'il méprise, on avait cent fois
plus de bon sens dans l'esprit, de rectitude dans le
jugement et de solidité dans la manière d'agir.

Dans ce temps-là, la vie de l'homme était parta-
gée en deux : les devoirs religieux d'une part, et
le travail des champs de l'autre. Nous n'avions pas
tant de jeunes gens beaux parleurs, ni de jeunes
filles bien mises; mais nous avions plus de bons ouvriers, plus de bonnes ménagères, plus de tranquillité, de joie et d'aisance.

XII.

Le foyer.

Il est quelque chose que j'ai grand regret de voir disparaitre du milieu de nous : c'est la vie du foyer.

Le foyer est le centre de toutes les joies pures, de tous les biens véritables. C'est au foyer que la Providence a attaché le peu de bonheur que l'homme peut goûter ici-bas.

Les anciens l'avaient déjà compris; car j'ai lu qu'ils prenaient soin de mettre leur domicile sous la protection de quelques divinités domestiques, qu'ils appelaient dieux Lares, et dont les images garnissaient le foyer. C'étaient pour eux comme les anges gardiens de la maison. Mais les mœurs des païens contredisaient ici leurs croyances : car la vie domestique était, pour ainsi dire, inconnue chez eux. Leur existence était toute au dehors : dans les camps, dans les comices, au forum, sur la place publique; cela tenait, en grande partie, à l'état social d'alors, et aussi à ce que la femme était considérée non comme l'égale, mais comme l'esclave de l'homme.

C'est donc le christianisme qui a créé proprement la vie du foyer. C'est lui qui a appris à l'homme à chercher *au dedans le royaume de Dieu*. On ne vit pas, ou l'on ne vit que rarement, dans l'antiquité païenne, le beau spectacle qui devint si commun dans les siècles de foi. L'homme et la femme unis par des liens étroits, que la mort seule peut dissoudre, et mettant en commun leurs biens et leurs maux, leurs joies et leurs tristesses ; des enfants soumis à l'autorité de leurs parents, grandissant sous la double influence des leçons de la religion et de l'exemple paternel ; la paix, l'union, le goût du travail, l'amour de la médiocrité, toutes les vertus religieuses, sociales et domestiques fleurissant à la fois dans ces jeunes âmes : c'est là, ce nous semble, le plus beau spectacle que la terre puisse présenter au ciel, et elle le lui présenta longtemps.

Aujourd'hui, ce type s'efface : la famille s'en va, et la société avec elle. Les mœurs révolutionnaires ont pénétré jusque dans la vie intime. Le respect pour l'autorité n'existant plus nulle part, l'enfant a aussi brisé le joug paternel. La débauche et l'irréligion se sont trop souvent assises au foyer : et l'enfant, ne voyant plus dans les auteurs de ses jours le sceau sacré que la religion leur avait imprimé, s'est pris à mépriser les auteurs de ses jours. Je dois le dire, la honte au front et les larmes aux yeux, ce spectacle n'est pas rare, même dans nos campagnes. Dès le jeune âge, on manifeste parfois une telle irrévérence envers ses parents, que l'observateur ne sait de quoi s'attrister davantage, ou de la mauvaise éducation donnée aux enfants, ou des fruits qu'elle produit.

Nous aimions singulièrement le foyer paternel. Je me souviens que mon père m'ayant envoyé un jour, pour une commission importante, en un lieu assez éloigné pour que je fusse obligé de coucher en route, j'éprouvai un tel regret de quitter notre chaumière, que les larmes m'en vinrent aux yeux. De toute la journée, je ne pus rien manger ; ce ne fut qu'en rentrant le lendemain que mon serrement de cœur cessa, et que la joie me revint. J'avais alors au moins quinze ans.

Combien de jeunes gens riront de moi, en lisant ces lignes ! Je suis bien arriéré, je le vois ; je ne comprends rien aux grands mots de progrès, de liberté, d'indépendance, d'émancipation. Cela est vrai. Mais la paix douce et pure que nous goûtions au sein de la famille, ne valait-elle pas bien toutes les satisfactions plus bruyantes que procure la prétendue liberté ? J'ai vu la jeunesse réglée, modérée, amie du travail et de la tranquillité : je la vois aujourd'hui agitée, avide, tourmentée d'ambition, impatiente du repos, ennemie du foyer : dans laquelle des deux conditions se trouve la plus grande somme de bonheur?

On dit qu'il s'est élevé tout récemment une classe d'écrivains qui osent attenter à la sainteté de la famille, en détruisant l'indissolubilité du mariage, sa base. Suivant eux, le nœud conjugal ne serait qu'une simple convention, une union libre, que les deux époux peuvent briser à volonté. Dès lors, l'existence des enfants serait livrée au hasard, puisque l'amour maternel, cette merveilleuse image de la Providence, ce lien si doux, si fort, cet indestructible ciment de la famille, puisque l'amour maternel, dis-je, disparaîtrait dès lors, et ne serait remplacé par rien. Par rien, je le répète : car cette prétendue adoption des enfants par l'Etat n'est qu'une déception et une chimère. Hélas! si l'amour maternel a peine à suffire aux besoins de cet être souffrant et chétif qui fait son entrée dans le monde; comment l'Etat, cette abstraction, qui est tout le monde et qui n'est personne, qui n'a ni cœur ni entrailles, pourvoira-t-il aux nécessités sans nombre qui circonviennent l'enfant au berceau? Si toute la tendresse, toute la vigilance d'une mère, secondée par la religion, peut à peine écarter de l'adolescence les dangers multipliés que le monde et les passions sèment sous ses pas; comment cette puissance aveugle, insaisissable et sans foi, qu'on appelle l'Etat, étouffera-t-elle dans un jeune cœur le germe des passions, ou y fera-t-elle prospérer le goût de la vertu? En entendant de telles doctrines, on ne saurait se défendre d'un sentiment de pitié, et pour ceux qui les prêchent et pour ceux qui les écoutent. Les hommes qui peuvent sciemment proclamer de telles monstruosités sont bien coupables : ils m'apparaissent comme les précurseurs du chaos et de la ruine universelle.

Habitants des campagnes, laissez ces horribles enseignements se propager chez les bourgeois beaux esprits, ou dans les immondes bas-fonds des grandes villes. Mais vous, restez fidèles aux saines traditions, et rattachez-vous aux enseignements sacrés de la foi et aux douces affections du foyer. Votre bonheur est là, et le salut de la société aussi.

XIII.

Un mariage.

Vers ce temps, une de mes sœurs se maria. Elle
passait pour être fort belle, et l'occasion s'était présentée de la marier avantageusement, pour parler le
langage reçu. Un membre de tribunal, appelé dans
notre village pour quelque commission de son état,
avait été frappé de sa rare beauté, et l'avait de-
mandée à mon père. Assurément, il y avait de quoi
flatter un pauvre paysan, dans ce temps surtout
où les emplois n'étaient guère dévolus qu'à des
hommes d'une certaine fortune et d'une certaine
naissance ; je crois même que celui-ci était cadet
d'une famille noble. Cependant, cet honneur n'é-
blouit point mon père. C'était le bonheur de ses enfants qu'il cherchait avant tout, et son dicton habi-
tuel était que : *Contentement passe richesse.* — Or,
disait-il un jour à ma mère, que gagnerait notre fille
à devenir la femme d'un Monsieur ? Rien que des
maux, ce me semble. Il lui faudrait renoncer à

5

toutes ses habitudes et à tous ses goûts. Elle aime le
travail des champs; sa santé robuste a besoin du
grand air. Comment vivrait-elle dans cette atmosphère empestée des villes? D'ailleurs, quoique sage
et bien élevée, notre fille n'est cependant qu'une
paysanne; elle n'a d'autre civilité que celle que l'on
pratique aux champs : ce n'est ni une précieuse, ni
une grimacière, comme sont les dames de ville. Eh
bien! que ferait-elle, la pauvre enfant, au milieu
du beau monde, enfermée dans un salon, obligée
de figurer, de recevoir chez elle, de diriger un
grand repas, de faire, enfin, les honneurs d'une
maison? Tu sens bien, ma femme, que ce serait
pour elle une torture continuelle, un véritable
martyre. Elle ne manquerait certainement pas
de faire des gaucheries. Elle n'a, d'ailleurs, pas la
langue assez bien pendue pour tenir tête à ces dames
si savantes. On rirait donc de notre pauvre Marie-
Anne; elle serait la fable de la ville. Son mari ne
manquerait pas de s'en apercevoir : il prendrait
alors le parti de la cacher, de la reléguer au fond de
sa cuisine. Sens un peu quelle triste existence!

» Ensuite, ajouta-t-il, j'ai vu quelquefois réussir
des mariages où la femme apportait au ménage plus
de biens que son mari: rarement j'ai vu heureuse
celle qui épouse plus riche qu'elle. A moins de circonstances peu communes, elle est ordinairement
considérée comme une esclave. Or, ce Monsieur a

de la fortune et une belle place, et notre Marie-
Anne n'aura rien que quelques sillons de terre. Il
est évident qu'elle courrait grand risque d'être malheureuse.

» Et encore, si ce Monsieur l'épousait à cause de
ses bonnes qualités ; mais non, c'est uniquement
parce qu'elle est belle qu'il la veut en mariage. Eh
bien ! c'est là un futile motif. Et quand l'air de la
ville, quand le changement de régime, quand une
existence concentrée, auront flétri les roses de ses
joues, que deviendra notre chère enfant? La beauté
passe : les qualités restent. De toutes les raisons qui
font rechercher une femme en mariage, la beauté
est celle qui la flatte davantage ; mais c'est certainement la moins solide, et un léger triomphe de vanité est souvent payé par de grands malheurs.

» Non, non : notre fille épousera un homme de
sa condition. »

Ces raisonnements de mon père n'étaient pas
sans justesse, et ma mère avait trop de bon sens
pour ne pas s'y rendre. Il fut donc décidé que ma
sœur n'épouserait point le *Monsieur* qui l'avait de-
mandée.

Elle avait, du reste, été consultée. Quelque flatteuse
que fût pour elle une demande en mariage de la part
d'un homme placé si fort au-dessus d'elle, cependant les inconvénients qui pouvaient en résulter pour
son sort à venir frappèrent assez son esprit pour

contrebalancer en elle les petites fumées de l'ambition et de l'amour-propre. Elle jugea à propos de remettre l'affaire à la décision de notre vieux curé et
de ses parents, lesquels n'eurent aucune peine à lui
faire sentir que si elle pouvait être heureuse en res-
tant paysanne, elle ne le serait certainement pas
en tâchant d'être femme de condition. Elle ne
fit pas difficulté de le croire, et, quelques mois après
la démarche du *Monsieur*, ma bonne Marie-Anne
épousait un jeune homme du village, un de ses amis
d'enfance.

Ce fut une fête dans tout le hameau. La considération dont jouissaient mes parents ne permettait à
personne de rester indifférent à tout ce qui pouvait
les intéresser. C'était le propre de ces temps de simplicité de faire d'un village entier comme une seule
famille, où toutes les joies et toutes les douleurs
étaient en commun. La noce fut gaie au possible :
notre vieux curé voulut y présider lui-même. Je me
souviens qu'au moment de donner aux jeunes époux
la bénédiction nuptiale, il ne put se retenir de leur
rendre cette justice : qu'ils n'avaient jamais une seule
fois contristé son cœur de pasteur et de père. Est-il
beaucoup de jeunes gens à qui un prêtre puisse aujourd'hui rendre un pareil témoignage ?

Ma sœur Marie-Anne était la première de la famille qui eût quitté la maison paternelle, bien qu'elle
ne fût pas l'aînée. Elle y laissa un vide qui fut

longtemps senti. Il nous semblait toujours, dans les réunions du soir, qu'il nous manquait quelque chose. Et elle-même, la pauvre enfant, bien que fort attachée à son époux et à ses nouveaux parents, n'en éprouvait pas moins le besoin de revenir souvent dans la maison paternelle. Elle pleurait quelquefois en nous quittant, et il est bon de noter qu'elle n'était point sortie du village. Mais un je ne sais quoi, disait-elle, l'attachait tellement au lieu de son berceau, qu'elle n'était entièrement heureuse que quand elle s'y retrouvait.

O douce et irrésistible influence du foyer paternel!

Ma sœur eut une existence paisible et heureuse. C'est de tous les membres de la famille celui qui eut le lot le meilleur. Un hasard me mit à même de savoir plus tard ce qu'était devenu son premier amant. Eh bien! j'appris qu'il avait épousé, aussi pour sa beauté, la fille d'un riche fermier, laquelle, moins sage que ma sœur, s'était laissé séduire par la perspective d'un nom et d'un rang. Or, l'événement justifia tout ce qu'avait dit mon père : cette jeune femme, transplantée dans le séjour de la ville, y fut d'abord très malheureuse. Puis, la petite vérole étant venue la priver de sa beauté, elle fut dédaignée de son mari, homme sans conduite et sans mœurs, qui l'abandonna pour courir après des étrangères. Peu d'années après, elle mourut, épuisée par la tristesse et la douleur.

Ainsi, celle qui eût été malheureuse avec un homme de qualité, vécut tranquille et à l'aise avec un pauvre laboureur. Tant il est vrai que c'est folie de vouloir sortir de sa condition, et que Dieu a réservé des bénédictions particulières à ceux qui marchent dans la voie tracée par leurs pères.

XIV.

Les procès.

Vers ce temps-là, nous eûmes un procès. Un de
nos voisins, homme jaloux et entêté, fâché de voir
prospérer mon père, tandis qu'il se ruinait lui-
même par son inconduite et ses mauvaises spécula-
tions, vint à bout de nous susciter une querelle, à
propos d'une raie de champ qu'il prétendait avoir
été usurpée sur lui. Mon père était l'homme du
monde le plus pacifique, et surtout le plus loyal.
Très certainement s'il eût été sûr, ou même s'il eût
douté que le terrain contesté n'était pas à lui, il se
fût empressé de le rendre. Il n'aurait pu goûter un
instant de sommeil avec la seule crainte d'avoir une
parcelle seulement du bien d'autrui. Mais, en re-
vanche, il était ferme quand il était sûr de son droit.
— J'ai des enfants, disait-il, et de même que je serais au désespoir de leur laisser un atome de bien
mal acquis, de même je ne souffrirai pas qu'on leur
enlève ce qui leur appartient.

Les procès sont ruineux pour tout le monde : ils le sont surtout pour les laboureurs. Les habitants des campagnes n'ont pas d'ennemi plus redoutable. En bien des localités, c'est là la cause première de la gêne de certains cultivateurs, qui devraient être, et seraient réellement à l'aise, s'ils avaient su se garantir de cette cruelle et ruineuse manie.

Au temps dont je parle, les procès étaient rares ; car je me souviens que le nôtre fut un événement. Aujourd'hui, ils sont infiniment plus communs. Je vois avec regret les justices de paix et les tribunaux souvent assiégés de laboureurs. Un procès est une chose ruineuse, même quand on le gagne. On y perd son temps, ses amis, son argent, sa tranquillité, et, en somme, on ne fait profiter que les gens de loi. Un vieux proverbe bien connu dit qu'il faut gagner sept procès pour se ruiner.

Dans ce vieux régime tant maudit, dans ces siècles d'ignorance, on avait pourtant trouvé moyen de se faire rendre justice sans consumer sa fortune. Un tribunal était établi dans chaque paroisse — on parlait alors beaucoup de paroisse, et très peu de commune — tribunal équitable, impartial, éclairé et surtout gratuit. Il y avait alors dans chaque église une confrérie pieuse établie à l'honneur de la Sainte Vierge, laquelle s'assemblait le dimanche pour réciter le petit office dédié à cette Reine des anges et des hommes.

Les fonctionnaires de cette Association étaient élus chaque année par leurs confrères, et composaient comme un conseil de sages ou de prud'hommes. Or, c'était à cette espèce de conseil de famille qu'était dévolue de droit la connaissance et la décision de toutes les affaires litigieuses qui s'élevaient entre les associés. Ainsi le portait le règlement, et nul n'était tenté de s'y soustraire. La question était donc mûrement examinée, et jugée à la pluralité des voix. Il était bien rare que la sentence ne fût pas juste, et plus rare encore qu'on en appelât de cet arbitrage tout bénévole, tout paternel, à un tribunal plus savant peut-être, mais plus coûteux.

Naturellement, notre affaire fut portée devant cette *justice de paix :* le nom ne fut jamais mieux mérité. Je me rappelle encore avec quelle solennité cette démarche se fit. Le préfet de la Congrégation avait mis ses beaux habits. L'office étant fini, et un *Pater* ayant été récité pour l'heureux succès de la démarche qu'on allait faire, ledit préfet, suivi de ses assistants et des membres du conseil, parut, tenant le règlement sous le bras, et tous ensemble se rendirent sur le terrain en litige. Mon père et son adversaire furent entendus : quelques vieillards déposèrent d'après leurs souvenirs et leur connaissance des lieux; on apporta même le *pied terrier* de la commune. Ensuite les juges se retirèrent à l'écart pour délibérer, et prononcèrent bientôt la sentence.

Mon père fut confirmé dans sa possession ; son adversaire débouté et condamné aux frais. Or, les frais consistaient à fournir un verre d'huile, ou un cierge d'un quart, pour éclairer l'autel de la Sainte Vierge.

Mais le condamné ne voulut point se soumettre. Entêté, comme je l'ai dit, il déclina l'autorité que chacun avait jusqu'alors respectée. Ce fut un grand scandale, bien qu'au fond personne n'en fût étonné de la part d'un tel homme. Mon père fut donc cité devant le tribunal de l'Intendance. Je me souviens qu'il délibéra s'il suivrait le procès ou abandonnerait son terrain. Les honnêtes gens, et le curé le premier, le détournèrent de ce dernier parti, par la raison que ce serait non-seulement donner tort au bon droit, mais encourager les méchants et surtout décréditer le conseil de la Congrégation, dont personne ne voudrait plus désormais accepter l'arbitrage. Cette dernière raison fut décisive.

Hélas ! l'esprit révolutionnaire faisait déjà des progrès. Le temps approchait où toutes les mauvaises passions allaient avoir leur jour de triomphe. Notre processif voisin ne faisait que préluder aux injustices qu'il devait commettre plus tard.

Le procès fut entamé. Il coûta à mon père une grande perte de temps, de tranquillité et d'argent. Alors, comme aujourd'hui, la marche de ces sortes d'affaires était lente. Il fallait se transporter souvent au chef-lieu ; les juges devaient venir sur le terrain : ce qui ne se faisait pas sans frais. Bref, au bout de trois ans, quand mon père eut gagné une seconde fois, tout compte fait, il avait perdu environ dix fois ce que valait le terrain en question. Aussi jura-t-il que de sa vie il ne soutiendrait un procès, et que si on lui prenait son manteau, plutôt que de le réclamer, il donnerait encore sa tunique.

Encore une fois, laboureurs mes frères, fuyez les procès comme la peste.

XV.

L'approche de l'orage.

Ma jeunesse s'écoulait ainsi heureuse et calme. J'avais dix-sept ans, et je ne songeais à autre chose qu'à servir mon Dieu et à aider mes parents. Nos petites affaires allaient assez bien. Un seigneur dont mon père cultivait un domaine, charmé de sa probité et de sa bonne conduite, venait de lui diminuer notablement son prix de fermage : ce qui nous ouvrait une nouvelle perspective de bien-être. Nos santés, d'ailleurs, étaient excellentes. Mon père, bien que déjà sexagénaire, était encore vert et robuste comme un jeune homme; ma mère semblait aussi augmenter chaque jour d'activité; et tous leurs enfants, gais, vigoureux et dispos, semblaient rivaliser entre eux de dévouement et d'ardeur au travail. Comment un ménage ainsi constitué ne prospérerait-il pas?

Hélas! pourquoi faut-il que le bonheur ne puisse durer ici-bas! Pendant que le calme régnait dans notre intérieur, le trouble se préparait au dehors.

Uniquement occupés de leurs travaux, les habitants des campagnes n'avaient alors aucune idée de la politique. Toutes les questions qui les agitent si fort maintenant, leur étaient parfaitement étrangères. On vivait paisible sous l'empire des lois et sous le sceptre d'un monarque, qu'on était habitué à considérer comme le représentant de Dieu sur la terre. Les habitudes d'obéissance étaient si profondément enracinées dans tous les cœurs, que la seule pensée qu'on pût vivre en dehors d'une autorité supérieure ne fût certainement entrée dans aucune tête. En deux mots, la société d'alors était comme une machine bien montée et bien graissée, dont le jeu s'exécute de lui-même : c'était l'histoire du corps humain, quand une santé parfaite rend imperceptibles mille opérations, qu'une lésion quelconque rendrait sensibles par la douleur.

Cependant l'orage se préparait. Une troupe d'écrivains licencieux avaient entrepris de détruire l'autorité de Dieu sur la terre : chaque jour de nouveaux libelles attaquaient les dogmes ou la morale du christianisme. Sans doute, ces choses se passaient dans les hautes régions de la société ; il n'en descendait rien en apparence dans le peuple, et notamment dans le peuple des campagnes. Cependant, les effets n'en étaient pas moins réels, quoique imperceptibles ; ces livres impies étaient lus, dévorés, applaudis dans la noblesse et dans la haute bourgeoisie. C'était la

mode, alors, d'être ce qu'on appelait philosophe.
Peu à peu, on abandonnait les pratiques religieuses :
les sacrements, les temples mêmes se désertaient.
Les mœurs devenaient de plus en plus relâchées : la
cour, il faut en convenir, avait la première donné
l'exemple du libertinage. La contagion gagna insensiblement les grands, puis la partie la plus riche de
la bourgeoisie, et menaçait d'envahir avant peu tout
le corps social.

La classe agricole, je le répète, était certainement
celle que ce mouvement atteignait le moins ; de
toutes les parties du corps, c'était la plus saine. Elle
ne se doutait donc pas de ce qu'un prochain avenir
préparait. Toutefois, pour être juste, je dois dire
que l'antipathie contre les seigneurs, c'est-à-dire
contre les grands propriétaires, y était fort grande.
L'école philosophique avait au moins réussi à infiltrer des sentiments de jalousie et de haine chez les
habitants des campagnes. On se plaignait plus que
jamais du joug, et jamais le joug n'avait été moins
lourd. L'idée même d'un partage plus égal des biens
de la terre commençait à germer dans certaines têtes.
Mais de là aux injustices et aux horreurs qui allaient se commettre, il y avait encore loin.

Mon père cependant se plaignait déjà de l'affaiblissement de la foi, par comparaison aux jours de
sa jeunesse. Sans se rendre bien compte des causes,
il signalait les effets. Il voyait avec amertume le

respect pour le prêtre diminuer, le goût de la parole de Dieu s'affaiblir, la simplicité et la pureté des mœurs s'altérer. — Quand je me reporte aux jours de mon enfance, disait-il, je crois être dans un monde nouveau ; tout a changé, jusqu'aux costumes. — S'il avait vu ce que j'ai vu, qu'aurait-il dit ?

Mais nous prenions cela un peu pour l'effet de cette manie qu'ont tous les vieillards de se plaindre du présent et de vanter le passé. Et, au fait, peut-on s'étonner de cet instinct de la nature ? Nous ne voyons l'existence et le monde que par rapport à nous. Or, dans la jeunesse, tout est joie et bonheur : la vie abonde et se répand au dehors ; l'espérance surtout, cette fée à la baguette enchantée, prolonge indéfiniment l'avenir, et y jette ses plus riantes couleurs. Comment alors ne pas aimer, goûter, savourer l'existence ? Comment ne pas tout voir par un prisme séducteur ? Mais, plus tard, quand la vieillesse a glacé le sang, resserré le cœur, coupé les ailes à l'imagination, substitué le regret à l'espérance, la réalité aux rêves, la triste expérience aux douces chimères ; quand tout est froid, quand tout vous repousse ou vous délaisse, comment aimer encore la vie ? Comment, tout au moins, ne pas trouver une énorme différence entre ce qu'elle est et ce qu'elle fut ? Ah ! c'est moins la nature et le monde qui changent que nous-mêmes. Les hommes étaient déjà méchants ; mais nous n'avions point encore eu de contact sérieux

avec eux. L'expérience a terni tout ce que l'imagination avait doré.

Mais ce qui nous frappa étrangement, et commença à nous ouvrir les yeux sur l'avenir, ce fut
une conversation de notre vieux curé avec mon père.
Nous étions rangés, un soir d'hiver, autour de notre
foyer, quand le bon prêtre, complimenté par mon
père sur sa belle santé — il avait alors quatre-vingts
ans — répondit en secouant la tête : J'ai assez vécu,
et je serais bien fâché de vivre davantage. J'espère
que Dieu exaucera ma prière, et me fermera les
yeux avant qu'ils soient témoins de tout ce qui va
se passer. — Le ton de tristesse avec lequel le saint
vieillard prononça ces paroles fit sur nous une
profonde impression. Sollicité de s'expliquer, il entra
dans de plus grands détails, et nous fit part des
craintes trop bien fondées de ceux que leur position
ou leurs talents mettaient à même de lire dans un
prochain avenir. Ces sombres pronostics nous frappèrent d'autant plus, que tout était tranquille à la
surface. Nous autres jeunes gens, nous n'y ajoutions
guère foi ; mais mon père ne fit aucune difficulté d'y
croire, et y ajouta, en forme de preuve, ses propres
observations. — Il y a longtemps, nous disait-il, que
le monde se détériore. Il me semble que le bon Dieu
ne peut manquer de bientôt nous punir. Toutes les
classes de la société ont eu, à peu près, part au délit ;
il faudra bien qu'elles aient leur part du châtiment.

XVI.

Une habitude de famille.

C'était l'usage chez nous de lire chaque soir la *Vie des saints*. Je ne sais s'il est une habitude plus précieuse et plus douce que celle-là. Mon père et ma mère avaient vu de tout temps deux gros volumes in-folio portant ce titre ; la pensée leur vint, au moment de leur mariage, de demander à leurs parents ce vénérable meuble de famille : ce qui leur fut accordé. Mon père nous a avoué bien des fois qu'il avait renoncé pour cela à une petite portion de champ, à laquelle il avait droit ; et ma mère, à son tour, avait été obligée de promettre en compensation quelques objets de toilette à ses sœurs. Ainsi, sans s'être concertés, ces deux époux chrétiens arrivèrent munis, chacun de son côté, de ce qu'ils regardaient comme le premier de leurs meubles. Je crois que Dieu leur en a tenu compte, en inspirant à leurs enfants un goût, je pourrais presque dire une passion, pour ces intéressantes et utiles lectures.

6

Que de fois, dans les soirées d'automne, quand le vent mugissait autour de notre chaumière ; ou en hiver, quand un froid piquant nous resserrait autour du foyer, que de fois, dis-je, nous prêtâmes l'oreille, avec une attention toujours soutenue, à ces doux récits des souffrances ou des actions de nos prédécesseurs dans la foi ! J'éprouvais un charme infini à laisser ma pensée errer dans les détours de ces glorieuses annales : suivant tantôt les anachorètes au fond de leurs solitudes, tantôt les apôtres dans leurs courses évangéliques, tantôt les martyrs dans la voie sanglante qui les a conduits au ciel. C'étaient ceux-ci surtout qui avaient le privilége de surexciter notre attention et notre pieux enthousiasme. Telle était l'impression que faisaient sur nous les exemples des héros du christianisme, que bien des fois nous fîmes la résolution de mourir comme eux. Volontiers, ainsi qu'on le raconte de sainte Thérèse et d'un de ses frères, encore enfants, eussions-nous quitté le toit paternel pour aller chercher la palme du martyre, si nous eussions su où la cueillir. Pieux élans d'une ferveur naissante, naïfs désirs de mon jeune cœur, votre souvenir me réjouit encore, et parfume pour ainsi dire ma vieillesse ! Il était peu de saints, et même peu de traits dans la vie des saints, qui n'eussent trouvé place dans ma sûre et vaste mémoire. Et, aujourd'hui encore, malgré mes quatre-vingts ans, je me souviens bien mieux que du jour d'hier, de ces scènes sacrées, de ces tableaux vivants, offerts à mon imagination enfantine.

Jamais, au reste, ce goût ne m'a abandonné ; mon adolescence, mon âge mûr, ma vieillesse même, ont gardé les pieuses empreintes de mon berceau. J'ai connu, autant que mon état et mon peu d'instruction me le permettaient, la littérature du jour. Nouvelles, feuilletons, romans, journaux, livres de tout genre, j'ai un peu goûté, j'ai un peu tâté de tout. Eh bien ! je dois le dire, tout cela m'a paru éminemment pauvre et futile, en comparaison de ces pages si simples, mais si pleines d'instruction, où sont consignées les victoires qu'ont remportées sur la chair et le monde nos aînés dans la carrière. Là, je vois trop souvent triompher le vice ; ici, la palme appartient toujours à la vertu. Là, l'écrivain cherche à me corrompre, m'amollit, me trompe, ou tout au plus m'amuse ; ici, il tend sans cesse à me rendre meilleur, il m'éclaire sur mes devoirs, il me fortifie, il m'encourage, il me donne le secret de la patience et du bonheur.

Il serait difficile de contester l'influence qu'a exercée sur notre siècle la triste littérature dont on l'a saturé. Qui ne reconnaît, dans les actes, le fruit des doctrines ? Où le socialiste, où l'ouvrier égaré, ont-ils puisé la pensée qui arme leur bras homicide ? Trop souvent dans ces pages criminelles où la société leur est représentée sous de faux traits, où on leur apprend à voir dans tout roi un tyran, dans toute fortune une usurpation, dans toute supériorité une injustice. Je ne fais qu'une simple supposition : Admettons qu'au lieu de se repaitre des tableaux menteurs que la littérature moderne lui présente, la classe inférieure se soit nourrie de la lecture de la *Vie des saints*, croit-on que nous en serions où nous en sommes? Le présent serait-il aussi triste, et l'avenir aussi menaçant?

Et, au fond, qu'y a-t-il de plus digne de notre attention et de notre amour, que ces saintes archives du christianisme? Pour moi, j'éprouve une sorte de fierté à les étudier : il me semble que ce sont là mes titres de noblesse. Le cours des siècles a vu bien des conquérants, bien des savants, bien des littérateurs, bien des artistes. Qui sait leurs noms maintenant? Où vivent leurs souvenirs? A peine chez quelques érudits. Quant à nous, chrétiens, nos parchemins sont impérissables; nous avons dans nos saints une suite d'aïeux, dont la mémoire ne s'éteindra pas. Tous les jours, le temps efface les calendriers que le monde s'est faits ; le nôtre est immortel : pas un nom n'y meurt, pas une syllabe ne s'y rature.

Après cela, où nous mènerait l'exemple de ces hommes que l'opinion du monde a faits illustres? En quoi leurs talents ou leurs actes sont-ils imitables? Qu'auriez-vous à gagner, bons paysans, à savoir des nouvelles de Phidias le sculpteur, d'Apelles le peintre, de Tamerlan le conquérant, ou même de Cicéron l'orateur? Je ne vois pas trop quel profit vous pourriez retirer de la lecture de leurs vies : leurs talents sont au-dessus de votre portée, et leur conduite n'est pas des plus édifiantes. Tout au plus pourriez-vous leur faire hommage d'une stérile admiration. Mais, pour nos saints, c'est autre chose; ce sont vos amis, vos frères, vos pères dans la foi ; ce sont vos patrons, ceux de vos enfants ou de votre pays ; ils ont professé la même foi que vous, combattu les mêmes combats, vaincu les mêmes ennemis ; leur but était le vôtre, leurs ennemis les vôtres, leurs moyens les vôtres ; et le terme heureux auquel ils sont parvenus est le seul auquel vous tendez. Sans doute, beaucoup d'entre eux ont été élevés à un degré de grâce et de gloire que vous n'atteindrez pas ; mais encore il est doux de les admirer, et possible, jusqu'à un certain point, de les imiter ; car tout, dans leur vie, n'est pas au-dessus des forces humaines, et vous pouvez toujours, au moins de loin, marcher sur leurs traces.

Etudiez donc, habitants des campagnes, étudiez ce livre si fortifiant, si plein, si consolant, qu'on appelle la *Vie des saints.* Vous ne le lirez jamais sans devenir meilleurs. Faites-le lire à vos enfants ; qu'il soit votre compagnon, votre ami, votre guide, et j'ose le dire, votre consolateur. Qu'il soit comme l'hôte de votre vie domestique, comme l'Ange qui préside à vos foyers. Substituez-le à ces livres dangereux, qui se glissent, sous des titres innocents et séduisants parfois, jusqu'au sein de vos chaumières, pour corrompre la foi de vos fils et les mœurs de vos filles. Les livres profanes, même les meilleurs, souvenez-vous-en, n'inclinent guère que vers la terre : la vie des saints relève toujours vers le ciel. La famille, la commune, le peuple où ce livre serait lu et goûté, verraient toujours la paix et l'ordre fleurir dans leur sein ; car c'est là, et là seulement, que se trouvent la vraie politique, le vrai socialisme, la vraie philanthropie ; là, l'œil le moins clairvoyant découvre le nœud de ces formidables problèmes, dont la philosophie cherche si laborieusement et si inutilement la solution, et qui ne se résoudront peut-être qu'aux lueurs du dernier incendie.

XVII.

Une perte pour tous.

Peu de temps après, notre bon curé mourut. Ce fut un deuil général : chacun croyait avoir perdu son père. Mais nulle part ce malheur ne fut mieux senti que chez nous. Nous lui devions à peu près tout ce que nous étions, et tout ce que nous avions. Fils de cultivateur, il avait toujours donné d'excellents conseils à mon père, et certainement notre bien-être temporel était en grande partie son œuvre. Je ne parle pas du point de vue religieux : évidemment, c'était à ses instructions, à ses soins, à sa bonne amitié, que nos parents devaient d'avoir une famille si bien rangée. Pour mon propre compte, je confesse que le peu que je valais venait de lui : c'est le principal instrument dont Dieu s'est servi, pour accomplir en moi les desseins de sa miséricorde.

Chaque fois que je repasse dans mon esprit l'influence que ce saint homme a exercée sur moi, je ne

puis m'empêcher de bénir sa mémoire. C'est lui qui
m'a montré la voie : c'est lui qui m'a guidé à l'entrée de la carrière. Sa bonne et vénérable figure se
dressait devant moi comme celle d'un ange gardien,
d'un père tendre, d'un pasteur vigilant ; j'aimais à
reposer respectueusement mes yeux sur sa physionomie, à la fois si bonne et si spirituelle. Il était bien
vraiment pour moi le représentant de Dieu sur la
terre. Mais autant sa voix était caressante et m'ôtait
toute gêne quand il conversait avec nous, autant
elle reprenait d'autorité et d'ascendant, quand j'étais
seul à seul avec lui au tribunal sacré.

Il ne m'appartient pas de révéler tout ce qui s'est
passé, là, entre lui et moi. Le cœur de l'homme est
un abîme. Ceux qui l'ont comparé à une mer agitée
n'ont rien dit que de vrai. Nous portons en nous un
fonds inépuisable de corruption. Quiconque sait
scruter son cœur et ses reins, est tout surpris d'y
voir en germe une foule de vices, auxquels il se
croyait étranger. Mais que cette connaissance de soi-
même est rare ! Et c'était justement à me donner
cette vraie science que tendaient tous les efforts du
vieillard. Découvrant en moi une intelligence vive,
jointe à un certain fonds de turbulence, il tâchait de
me jeter le frein ; et ce frein, c'était l'idée sérieuse,
la conviction profonde de ma propre faiblesse. Il
tenait à me faire bien comprendre que de moi je ne
pouvais que le mal : son mot le plus ordinaire

était celui-ci : *Nous n'avons pour fonds que le néant, et pour acquit que le péché.*

Je ferai ici un aveu qui ne me coûte rien, parce que l'expérience m'a appris qu'aucune faiblesse n'est étrangère à l'homme. J'avais fait une chute grave ; la honte de l'avouer me retint longtemps loin du remède. Je n'osais prendre sur moi d'aller révéler à mon confesseur la faute qui me pesait sur le cœur. Et pourtant les troubles de ma conscience se faisaient sentir jusque dans mon sommeil. L'aspect du prêtre me devenait pénible ; et quand cet œil doux et fin se fixait sur moi, il me semblait qu'il lisait au fond de mon cœur la faute que j'essayais vainement d'y enfouir. La rougeur alors me montait au front. A la fin, le poids me devint insupportable. Un sermon que le vieillard fit un jour sur l'endurcissement et ses causes, acheva de jeter la frayeur au fond de mon âme. J'allai me confesser. Ah ! que la parole du prêtre fut pénétrante ce jour-là ! Comme elle tourna et retourna son glaive dans mon âme saignante ! Avec quelle tendresse, mais avec quelle force, cette main paternelle infusa le vinaigre et l'huile dans ma plaie ! Je vis alors quel piége affreux l'esprit de ténèbres m'avait tendu, non précisément en me poussant au mal, mais en me décidant à le dissimuler. Je fus guéri pour ma vie ; et certainement c'est là le service le plus signalé que m'ait rendu cet homme qui m'en a rendu tant d'autres.

O vous que quelque blessure secrète a atteints au fond de l'âme, ah ! gardez-vous à jamais de la laisser s'envenimer ! Hâtez-vous de la découvrir à celui que Dieu a doué du pouvoir de guérir. La voix du prêtre est la seule qui puisse pénétrer sans inconvénient dans les profondeurs de l'âme humaine ; sa main est seule assez discrète pour sonder toutes les plaies, assez douce pour les panser, assez puissante pour les cicatriser. Gardez, gardez que jamais une de ces plaies ne s'aigrisse : une blessure est aisée à guérir ; un ulcère est parfois incurable.

On vit clairement à la mort de notre bon prêtre, quelle place il tenait dans la population. Aujourd'hui de tels vides se font à peine sentir, ou du moins sont bientôt comblés. Dans ce temps-là, le prêtre se mêlait à tout : il était de toutes les joies et de toutes les douleurs. Sa place était marquée dans chaque cœur et dans chaque foyer. En le perdant, on perdait vraiment un membre de la famille. Partout son départ laissait un vide. La douleur fut donc universelle : parents et enfants, riches et pauvres, jeunes gens et vieillards, tous pleuraient le conseiller, le guide et l'ami qui venait de les quitter.

Le saint prêtre fut enterré au sanctuaire de l'église. Alors on ne croyait pas qu'il y eût d'inconvénient à ce que le père reposât au milieu de ses enfants, et le prêtre sous les yeux de son Dieu.

Un des plus anciens curés du décanat prononça

son oraison funèbre. Il n'eut pas besoin de grands
efforts pour émouvoir son auditoire. Les larmes
coulaient déjà d'avance. Jamais discours n'en fit
plus répandre. A travers les excellentes choses que
dit l'orateur, je fus surtout frappé de celle-ci : La
vie de votre digne curé fut un long sillon ensemencé
de bon grain. Rien n'était plus vrai que cette parole :
pas une pensée, pas une parole, pas une action, pas
une heure, pas une minute de cette sainte existence,
n'avaient été perdues pour le ciel. L'orateur, faisant
allusion à l'époque de troubles qui allait suivre, féli-
cita le défunt d'avoir été sauvé de l'aspect doulou-
reux de tant de désordres et de tant de crimes qui
devaient bientôt souiller le sol de la patrie. Il le
compara à un navire revenant d'un long voyage,
chargé de riches marchandises, et entrant au port,
au moment même où l'horizon chargé couve une
horrible tempête.

La révolution éclata en effet peu après : ce fut un
bouleversement profond, radical, universel.

Combien de causes et quelles causes l'avaient
préparée, c'est ce que je ne saurais dire. Sans
doute, depuis longtemps s'amassaient les matériaux
de ce vaste incendie. Une telle catastrophe n'éclate
pas, sans que beaucoup de fautes et de crimes en
aient été les précurseurs; mais il faut avoir assisté
à cette explosion terrible pour bien comprendre ce
qu'elle eut d'imprévu pour la plupart des habitants

de la campagne. Presque tous vivaient dans une profonde sécurité, quand ce coup de tonnerre les arracha à leur insouciance, et leur fit sentir que le vieux monde allait être renversé, le pouvoir complétement détruit, et l'axe de l'univers en quelque sorte déplacé.

Quant à moi, je ne sais si j'en fus surpris. Tant de fois mon attention avait été tournée de ce côté par les prédictions des sages, que j'avais fini par m'accoutumer à l'idée d'un changement, sans trop savoir sur quoi il porterait. Mon jugement, du reste, ne chancela pas un seul instant : j'avais pour me guider une double règle, une double foi, qui ne pouvait faillir. J'aimais l'autorité sous toutes ses formes : je la voyais ébranlée jusqu'en ses fondements. J'avais toujours cru que le pouvoir descend d'en haut; on proclamait qu'il vient d'en bas : dès lors la nouvelle doctrine était jugée pour moi. La révolution avait écrit sur son drapeau trois mots séduisants : Liberté, Egalité, Fraternité. Mais bientôt sa conduite démentit le sens véritable de cette devise; dès le début, je compris que ces trois paroles, si belles, si attrayantes, n'étaient que des impossibilités ou des mensonges. Mais ceci est assez grave pour que je m'y arrête un moment.

XVIII.

La souveraineté du peuple.

Je suis un pauvre paysan, et je hasarde quelques pensées sur la politique.

Des écrivains, de prétendus amis du peuple, sont venus à bout de persuader à la multitude que le pouvoir réside en elle, et même qu'il émane d'elle. C'est là, à mon sens, une énorme absurdité, dont le peuple doit bien se défendre, s'il n'en veut être la victime.

Le pouvoir vient de Dieu : c'est en Dieu seul qu'il réside comme dans sa source. On ne peut sortir de là sans livrer l'homme et la société à des hasards, à des désordres sans fin.

Dès que nous admettons un Dieu créateur et une Providence — et grâces au Ciel! c'est encore là la croyance de l'immense majorité des habitants des campagnes — dès ce moment, dis-je, nous devons reconnaître que ce Dieu a arrangé notre monde sur certaines bases et d'après certaines lois. Nous devons admettre que c'est lui qui a distribué aux hommes leurs qualités de corps et d'esprit : coordonnant tout de manière à ce que chacun puisse remplir ici-bas sa destinée et atteindre, par là, sa fin ultérieure, qui est le salut éternel.

La diversité des talents et des aptitudes est donc un fait providentiel. La main qui a fait le ciron et l'éléphant, le chêne et le brin d'herbe, a fait aussi l'homme simple et l'homme de génie. On aura beau raisonner, on ne fera pas que les hommes soient égaux en forces physiques et morales, en talents, en courage, en aptitude, en bonne volonté, en santé, en vertu, etc.... Ce sont là des inégalités que de vains discours n'effaceront pas, que de vains efforts ne feront point disparaître. Toutes les forces de l'univers peuvent-elles seulement donner à un homme une ligne de plus que sa taille?

Or, ces inégalités en entraînent forcément une autre : c'est que les uns peuvent conduire, et que les autres ne peuvent qu'être conduits. D'où il suit que le pouvoir ne saurait être le droit de chacun ; puisqu'il est absurde que Dieu ait donné à tous un droit qui peut et doit être inutile pour le plus grand nombre.

La dépendance me semble être, au contraire, la loi générale des êtres humains. On voit partout apparaître la nécessité d'obéir. Obéissance aux parents, obéissance aux maîtres, c'est le lot du jeune âge : obéissance aux magistrats, obéissance aux lois, c'est le devoir de l'homme mûr. Où et quand cesse-t-on d'obéir? Et comment obéit-on, si l'on doit commander? Et quand commande-t-on, si l'on doit toujours obéir?

Je trouve absurde qu'on ait revendiqué le droit de commander, c'est-à-dire le pouvoir, pour la multitude : la multitude! qui n'est point un être, mais une collection d'êtres différents et souvent opposés ; la multitude! cette confusion difforme, multiforme, protéiforme; la multitude! ce chaos inextricable d'instincts aveugles, de désirs violents, de passions indomptées ; la multitude! cette contradiction perpétuelle et toujours vivante. Autant vaudrait chercher la paix et l'ordre dans les vagues d'une mer irritée.

Que veut-on dire quand on dit que le peuple est souverain? D'abord, qu'est-ce que le peuple? Ou ce mot ne veut rien dire, ou il veut dire la somme de tous les individus qui composent une nation. Si c'est là le sens du mot, et on ne saurait le nier, il s'ensuit que tout être humain a sa portion de souveraineté. Par conséquent, point d'exclusion : jeunes et vieux, femmes et enfants, tout doit avoir sa voix, jouir de son droit. Pourquoi alors des exceptions? Pourquoi des limites d'âge, de domicile, de condition ou de sexe? Une femme, un enfant, ne font-ils pas partie d'un peuple? Un galérien, un voleur, n'en sont-ils plus? Comment se fait-il que les plus chauds partisans de la souveraineté populaire, les déma-

gogues de 93 eux-mêmes, avaient néanmoins posé
des limites à l'exercice de la souveraineté, en élimi-
nant, par exemple, toutes les femmes et tous les
jeunes gens au-dessous de vingt ans ? De telles exclu-
sions sont absurdes et choquent le principe.

Ensuite, où et comment s'exercera la souveraineté
populaire ?

1° Pour exercer un droit, il faut au moins en
connaître la valeur et l'étendue. Or, les dix-neuf
vingtièmes des hommes n'ont pas, et n'auront jamais
assez d'intelligence, pour faire un acte vraiment libre
en exerçant leur souveraineté. La plupart ne savent
réellement ce qu'ils font, quand ils remplissent
une fonction politique. S'il s'agit de voter, par
exemple, c'est une confusion, un tohu-bohu
effroyable : on vote au hasard, sans savoir pour qui ni
pour quoi ; on cède ou à un entraînement de parti, ou
à une coterie, ou à un intérêt de localité, ou à une
haine aveugle, ou à une espérance plus aveugle
encore. Bref, la multitude, dans ces cas-là, n'est
que l'ignorance multipliée par elle-même. C'est une
vague sur une vague, une série de vagues sans
nombre, se heurtant, se précipitant, ici ou là, selon
que le vent les pousse.

2° Sur quoi s'exercera la souveraineté populaire ?
Je n'en sais rien, ni le peuple non plus. Et d'abord,
je remarque en passant qu'on a trop souvent con-
fondu le peuple avec la populace. La populace (la

seule partie du peuple qui fasse les révolutions) n'est bonne que pour détruire. Oh! là, elle est vraiment souveraine. Le peuple ainsi entendu est souverainement habile à renverser. Quant à construire, je ne sais, et il ne sait lui-même ce qu'il peut faire. Je vois partout des lois et des codes, œuvres d'individus; je n'en vois point œuvres d'un peuple. Jusqu'à présent, je le répète, toute la souveraineté populaire s'est bornée à détruire. Triste souveraineté que celle-là! la souveraineté du faible et de l'idiot!

3° Par quels moyens s'exercera la souveraineté du peuple? Je n'en vois que deux possibles: l'exercer par soi ou par des représentants.

La première supposition, qui est au fond la seule vraie, est tout à fait inapplicable. Il est impossible, en effet, que le peuple soit toujours sur pied, toujours réuni en assemblées ou en comices, pour décider de tout ce qui peut l'intéresser. Comprendrait-on une nation toujours debout sur ses places publiques, pour confectionner des lois, ou délibérer sur leur application? Je ne sache rien de plus absurde. Où en serait le travail? la famille? Et pourtant, je le répète, c'est là la seule application complète du principe de la souveraineté du peuple. Car,

La seconde supposition, qui est la seule appliquée, contredit le principe lui-même. 1° Tous ne votent pas pour les mêmes représentants: ce qui fait qu'une portion des souverains, et souvent une portion très

R. F.

7

notable, exerce son pouvoir à vide, et n'a point de mandataires, ou n'en a que de contraires à ses vues et à ses droits. Il m'est arrivé bien des fois de démontrer par le calcul que, en tenant compte des citoyens qui ne votent pas, de ceux qui votent dans un autre sens, de ceux que l'on condamne à ne pas voter, aucun représentant d'un tel département n'avait plus du quinzième des suffrages de ses prétendus mandants : 20,000 voix, par exemple, sur 300,000 habitants. 2° Les représentants peuvent agir et agissent souvent dans un sens opposé à celui de leur mandat. D'où il suit que le souverain ne fait pas ce qu'il veut, n'est pas servi à son goût, c'est-à-dire n'est pas souverain. 3° Le bon sens dit que tout pouvoir servi par un mandataire infidèle a le droit de le révoquer, et l'expérience prouve qu'il n'a jamais manqué de le faire. C'est un droit essentiel à la souveraineté. Or, ici, le mandat du représentant a une durée fixée (et nous défions tout souverain populaire de faire autrement). D'où il suit que le souverain a les mains liées vis-à-vis de son mandataire, c'est-à-dire que le maître est le serviteur, et le serviteur le maître, pendant un temps déterminé. Or, comme ce temps déterminé renaît forcément et toujours, il s'ensuit que toujours et forcément le souverain est obligé de subir des lois qu'il ne peut ni faire, ni défaire, ni contrôler.

La belle souveraineté !

4° La plus simple raison dit que la Providence ne peut avoir confié à l'humanité une faculté, ou, si l'on veut, un droit qui ne doive tourner à son avantage. Or, la souveraineté populaire a mille inconvénients et aucun avantage.

En effet,

Elle entretient dans les masses une agitation continuelle ;

Elle exige des déplacements fréquents, et entraîne par là des pertes de temps et d'argent ;

Elle crée et fomente des divisions au sein des populations, chacun prenant fait et cause pour son élu ;

Elle détruit toute sécurité pour l'avenir, en laissant toujours entrevoir des secousses et des déchirements. Car, à chaque époque déterminée par la Constitution, il faut procéder à des changements, à de nouvelles élections, lesquelles entraînent toujours des troubles et des inquiétudes. Le fait l'a assez prouvé ;

Elle livre les intérêts des nations au hasard : en sorte que l'existence d'un grand peuple se trouve souvent dépendre de circonstances imprévues, d'événements fortuits, et même abandonnée aux caprices d'une poignée d'émeutiers.

Est-il besoin que je cite ?

Elle ôte donc toute perspective d'avenir, et anéantit par le fait, ou du moins fait languir le commerce, l'industrie, l'agriculture, les sciences, les métiers, les arts : sous le nom du progrès, elle tue tout progrès. Qui ose en effet se lancer dans les entreprises, hasarder des fonds, nouer des relations importantes, commencer de grandes constructions ou de grandes réparations, quand le jour de demain peut déconcerter toutes les prévisions, et ruiner toutes les espérances ?

Elle donne la préséance aux plus indignes ; elle abaisse la vertu, et élève le vice. Il est par trop évident qu'en révolution le bas monte en haut, et le haut descend en bas. *Révolution* même ne veut pas dire autre chose. Dans une société troublée, c'est l'intrigant, c'est l'audacieux, c'est l'ambitieux, qui s'agitent, qui se produisent, qui se hissent au faîte : le vertueux, au contraire, l'humble, le désintéressé, le pacifique, s'effacent, se tiennent à l'écart. Les emplois les plus importants sont dévolus aux plus indignes, et souvent aux plus incapables. Chacun peut vérifier par lui-même ce que j'avance ici.

Enfin, elle est, quoi que l'on dise et que l'on fasse, un système perpétuel d'oppression. Oui, oppression, véritable oppression de la minorité par la majorité. Pourquoi, en effet, la majorité fait-elle loi ? En réalité, est-ce que le nombre crée le droit ? Un ne peut-il pas avoir raison contre dix, contre cent, contre mille ? N'a-t-on pas vu plus d'une fois un homme de sens tenir tête, pour la justice, à des masses nombreuses ?

Je ne comprends pas que la vérité cesse d'être vérité, parce qu'elle est soutenue par un petit nombre, et niée par un plus grand.

La vérité est indépendante par sa nature: elle subsiste, quand même. — Mais il s'agit d'intérêts, dira-t-on. Soit: mais là encore peut se montrer l'injustice. Le nombre ne fait pas plus la justice qu'il ne fait la vérité. Si un homme est dépouillé par une masse, s'ensuit-il qu'il le soit justement? Quand tous mes concitoyens s'entendraient pour brûler ma chaumière, ce n'en serait pas moins un acte d'odieuse vexation.

Faisons une supposition. Les laboureurs forment la grande majorité des Français. Admettons un instant qu'ils s'entendent, et ne nomment pour représentants que des laboureurs. Supposons, de plus, que ces laboureurs élus s'entendent à leur tour pour décharger la terre de toute espèce d'impôts, reporter toutes les charges sur le commerce, sur les beaux-arts, sur les fonctions libérales, etc.... Que dirait-on? Que penserait la minorité opprimée? Quelles réclamations ne ferait-elle pas entendre? Sans doute, cela n'aura pas lieu; mais ce ne serait, au fait, qu'une conséquence rigoureuse, et, qui plus est, irrécusable du principe de la souveraineté populaire, c'est-à-dire de la souveraineté du nombre.

5° Il est surtout quelque chose qui souffre beaucoup de cette omnipotence de la multitude: c'est la religion. J'ai vieilli : l'expérience m'a convaincu qu'il n'est pas possible de rien fonder sans la religion. Ah! si ce principe sacré dominait dans les cœurs, il ne serait pas besoin de discuter sur les formes de gouvernement : elles seraient toutes bonnes. Mais, au milieu du dépérissement général de la foi, il est indubitable que l'agitation politique favorise cette funeste tendance des sociétés à s'affranchir du joug de Dieu. Quand on ne souffre plus de maître en politique, il est difficile d'en accepter un en religion. La haine pour les prétendus despotes de la terre s'étend facilement au Roi qui règne dans les cieux. L'expérience a prouvé que l'irréligion s'allie comme naturellement à cet amour effréné de la liberté politique, dont on fait parade aujourd'hui. L'expérience a aussi prouvé qu'un peuple sort toujours d'une révolution, pire qu'il n'y était entré. Et la raison de cela est simple : c'est que les révolutions lâchent la bride à toutes les passions et à tous les vices ; c'est que ce sont toujours des époques de démoralisation et de licence.

Du reste, il est aisé à un peuple qui se croit souverain en politique, de se croire aussi souverain en religion. Le protestantisme, par exemple, est-il autre chose que la souveraineté populaire en matière religieuse? Comment cette indépendance ou souveraineté, qu'on revendique pour le peuple dans l'ordre politique, ne s'étendra-t-elle pas naturellement à l'ordre de la religion ? La foule grossière ne sait pas faire de distinction. L'espace qui sépare ces deux ordres d'idées est pour elle facile à franchir ; *plus de roi, plus de pape,* n'est qu'un seul cri pour elle, comme pour les premiers protestants.

Toute la révolution française étant donc fondée sur le principe de la souveraineté populaire, ne put enfanter que des injustices et des absurdités. Elle prétendit apprendre à l'homme tous ses droits : elle ne parvint qu'à lui faire oublier tous ses devoirs.

XIX.

Parallèle.

J'ai dit que la démocratie n'est autre chose que le protestantisme en politique, comme le protestantisme lui-même n'est autre chose que la démocratie en religion. Je tiens à développer cette idée en peu de mots, et je prie tout homme religieux de vouloir bien peser ces considérations.

Il me semble d'abord qu'il n'y a en religion, comme en politique, que deux systèmes possibles : l'un qui admet une autorité supérieure à l'homme; l'autre qui place dans l'homme même le principe de l'autorité.

Par le catholicisme et par le monarchisme, l'homme reconnaît un pouvoir supérieur duquel il relève et qu'il doit respecter. Par le protestantisme et par la démocratie, l'homme, indépendant de toute autorité supérieure, ne relève que de lui-même.

Ainsi, comme, dans le catholicisme et dans le monarchisme, il y a, d'une part, commandement, et, de l'autre, obéissance ; de même, dans le protestantisme et dans la démocratie, il n'y a ni obéissance ni commandement.

L'indépendance de la raison et de la volonté, c'est-à-dire l'individualisme, fait donc le fond du protestantisme et de la démocratie. Et, tandis que le catholicisme et le monarchisme supposent l'homme, en général, fait pour obéir ; le protestantisme et la démocratie le déclarent fait pour commander.

Cela posé, suivons de plus près le protestant et le démocrate dans leur marche parallèle.

Le protestant dit : *Je n'obéirai pas* (1) *!* Le démocrate répète : *Je n'obéirai pas !*

Le protestant rejette toute autorité supérieure, extérieure, indépendante en matière de religion ; le démocrate rejette tout pouvoir supérieur et indépendant en matière politique.

Le protestant dit : Toute intelligence est juge de sa foi. Le démocrate dit : Toute volonté est maîtresse de ses actions.

Le protestant en appelle à l'Écriture ; le démocrate à la Constitution. Seulement, comme le protestant interprète l'Écriture d'après son sens privé, le démocrate traduit aussi la Constitution selon ses propres pensées.

---

(1) Dixisti : non serviam. (Jérém., 2, 20.) *Note de l'Éditeur.*

Le protestant dit : Point de pape ! Le démocrate dit : Point de roi !

Le protestant non-seulement rejette l'autorité du pape, chef suprême de l'Eglise et vicaire de Jésus-Christ ; mais encore il supprime toutes les autorités et dignités secondaires : évêques, patriarches, curés, etc..... Le démocrate, non-seulement abolit l'autorité du roi, ce représentant de Dieu, suivant l'Apôtre (1), mais encore anéantit tous les titres et toutes les dignités subalternes : ducs, marquis, barons, etc....

Le protestant, faussant l'histoire, attribue à la papauté tous les vices des papes; le démocrate, faussant l'histoire, impute à la royauté tous les vices des rois.

Le protestant rompt avec un passé de quinze siècles; le démocrate, au moins en France, rompt avec un passé de quatorze siècles.

Le protestant rejette la tradition, qui est une véritable hérédité ; le démocrate nie l'hérédité, qui est une véritable tradition.

Le protestant tire la vérité de l'intelligence de l'homme, laquelle est bornée et remplie d'erreurs ; le démocrate tire l'autorité de la volonté de l'homme, laquelle est remplie de passions et de faiblesses.

***

(1) Dei... minister... in bonum. (*Rom.*, XIII, 4.) *Note de l'Editeur.*

Le protestant n'a pas de symbole fixe ; le démocrate n'a aucun programme arrêté.

Luther, Calvin, Bucer, OEcolampade, Mélanchthon, Zwingle, etc..., se condamnaient, s'anathématisaient l'un l'autre ; Robespierre, Vergniaud, Danton, Tallien, Barrère, et, de nos jours, Proudhon, Blanqui, Louis Blanc, Cabet, Considérant, etc...., se sont déclaré une guerre à mort : ceux-là par l'échafaud, ceux-ci par la plume, en attendant mieux.

Le protestantisme, dès son début, recruta — l'histoire le prouve — toute la lie de la société : les princes oppresseurs, les seigneurs débauchés, les moines prévaricateurs, les prêtres scandaleux, les populations lasses du joug religieux, etc.... La démocratie recueille, de droit, tous les bas-fonds de la société : les galériens, les repris de justice, les débauchés, les paresseux, les perdus de dettes, les ivrognes, etc.... Je crois qu'on ne saurait me démentir sur ce point.

Le protestantisme dépouilla les catholiques de leurs temples et les couvents de leurs biens. La démocratie s'empara des biens des religieux et des nobles, et brûla ou prit les châteaux et les couvents.

Le protestantisme, rejetant le culte extérieur, bannit les arts du sein de la religion ; il brûla les tableaux et les images de Jésus-Christ et des saints. La démocratie est ennemie née des beaux-arts, les déclarant inutiles aux peuples, et bons pour amuser les loisirs des despotes.

Le protestantisme détruit : on le suit à la trace des ruines. La démocratie renverse : on reconnaît son passage aux décombres qu'elle laisse derrière elle.

Le protestant vante beaucoup les droits de la raison. Le démocrate ne parle que des droits de l'homme.

Le protestantisme, ou plutôt le rationalisme, son premier-né, explique toutes ses erreurs par ce mot : Progrès ! La démocratie justifie toutes ses folies par ce mot : Progrès !

Le protestantisme devait faire le bonheur de l'humanité ; la démocratie ne parle que du bien du peuple. Malheureusement, on ne saurait citer ni de l'un ni de l'autre une pensée, et, surtout, une œuvre humanitaire.

Le protestantisme n'a pas créé un dogme, ou établi une loi utile au monde ; la démocratie n'a pas fondé un seul établissement de bienfaisance, un seul hôpital, un seul asile pour le pauvre et le souffrant. Elle n'a encore donné que des déclamations, des promesses, des colonnes de journaux, des prisons et des échafauds. Et pourtant elle a régné en France dix ans, sans contrôle.

Le protestantisme n'a pas créé une œuvre d'art remarquable, en sculpture, peinture ou architecture (1). Nous défions la démocratie de montrer un

_____

(1) La seule exception qu'on pourrait faire en faveur du temple de Saint-Paul, à Londres, n'en est pas une. Chacun sait

homme ou un monument notable qu'elle ait inspirés.

Tout ce qui reste de vrai dans le protestantisme existait avant lui et sans lui ; tout ce qu'il y a de réalisable et de raisonnable dans la démocratie a existé hors d'elle et avant elle.

Le protestant abaisse toutes les barrières qui séparent les différents cultes ; le démocrate enlève toutes les barrières qui séparent les différents peuples.

Le protestant, au nom de la tolérance, persécute les catholiques ; le démocrate, au nom de la fraternité, fait la guerre aux *aristos*.

Le protestant Calvin alluma le bûcher pour Michel Servet ; le démocrate Robespierre dressa l'échafaud pour les citoyens Danton, Vergniaud, etc....

L'Angleterre protestante brûle pape et cardinaux en effigie ; nos démocrates, en cent endroits, guillotinent en effigie.

Le protestant se croit le droit de rejeter, le lendemain, sa profession de foi de la veille ; le démocrate change de programme et de symbole, de la veille au lendemain.

Le protestantisme fut une démocratie du lendemain ; la démocratie est un protestantisme de la veille.

Chez les protestants, la communauté choisit ses

que Wren, l'architecte de ce temple, n'a fait que copier et amoindrir le plan de Saint-Pierre de Rome.

(Note de l'Éditeur.)

pasteurs et leur donne la mission ; chez les démocrates, le peuple nomme les fonctionnaires et leur attribue l'autorité.

Le protestantisme n'a plus d'Evangile ; la démocratie n'a point de Code.

Le protestantisme mène par la logique à l'athéisme; la démocratie mène logiquement à l'anarchie.

En effet, le protestant conséquent peut et doit être panthéiste ; le démocrate conséquent peut et doit être communiste. Qu'on examine : si le démocrate nie qu'un homme puisse être, par droit de naissance, supérieur à tout autre, c'est-à-dire s'il nie que l'on puisse naître roi, pair, marquis, duc, etc....., pourquoi ne nierait-il pas qu'on puisse naître millionnaire? Pourquoi l'égalité ne s'étendrait-elle pas à la fortune, comme aux titres et aux rangs? Ainsi, le communisme, dans l'ordre social, correspond au panthéisme, dans l'ordre religieux. Dans l'un et dans l'autre, l'homme n'est qu'une portion du grand Tout, un accident dans l'ensemble, un atome perdu dans la masse.

Le protestantisme est une immense négation religieuse qui peut se réduire à ces mots : point de papisme ni de ses suites; la démocratie n'est qu'une immense négation politique qui peut se réduire à ces mots : point de monarchisme ni de ses suites.

Les premiers protestants, Luther, Mélanchthon surtout, gémirent profondément sur les progrès de l'erreur dont ils avaient posé le principe, et dont ils étaient loin, dès l'abord, de prévoir les conséquences; ils firent d'inutiles efforts pour arrêter le torrent dans sa marche; on a d'eux, là-dessus, des aveux bien frappants; ils s'indignaient, ils s'effrayaient : il était trop tard. Les premiers démocrates de 89 furent singulièrement dépassés dans leurs prévisions; ils ne voulaient que des réformes, ils eurent une révolution ! Et en 1848 ? On voulait faire un acte d'opposition, on eut une catastrophe ; on voulait contrarier un ministère, on renversa un trône ; beaucoup de démocrates ont gémi des suites de leurs imprudences, et essayé d'enrayer le char révolutionnaire sur la pente : il était trop tard !

Dans le protestantisme, le mot d'hérésie disparaît; dans la démocratie, celui de révolte n'existe plus.

Ainsi, le protestantisme est, au fond et dans sa dernière conséquence, la négation de toute foi et de tout culte; la démocratie, menée à terme, est le renversement de tout ordre et de toute constitution politique.

L'un détruit la religion ; l'autre anéantit la société.

Là-dessus, je demande à tout homme honnête si un tel système religieux est soutenable ; je demande à tout homme sensé si un tel principe politique est admissible.

XX.

L'élément révolutionnaire dans les campagnes.

La marche du principe révolutionnaire fut d'abord lente : en tous cas, je l'ai dit, elle fut inaperçue de la masse des habitants des campagnes. Nous étions occupés de nos travaux, sans songer à autre chose qu'à faire ce qu'avaient fait nos pères, quand le nouvel ordre de choses vint nous surprendre. Je me souviens même que les premières démarches de l'Assemblée constituante, les décrets qui allaient changer radicalement l'ordre établi, ne trouvèrent guère que des incrédules parmi nos bons paysans. Ce qui leur ouvrit les yeux, ce furent les faits de spoliation exercés contre les seigneurs : oh! cet argument, chacun le comprit. Quand on vit piller et brûler les châteaux; quand on vit des châtelains, jusque-là si puissants et si révérés, s'enfuir, épouvantés, devant quelques forcenés armés de torches, alors la lumière se fit, et tout l'élément révolutionnaire de nos campagnes s'agita.

Et qu'on ne s'étonne point si je parle d'élément

révolutionnaire même au sein des campagnes. Hélas! l'homme et ses misères se retrouvent partout. L'eau la plus limpide se trouble dès qu'on la remue, et les meilleurs vins ont leur lie. Au fond de nos populations, en apparence si paisibles, sommeillaient bien des vices qui n'attendaient que l'occasion de s'éveiller. Je fus surpris moi-même, je l'avoue, de ce que je vis et entendis autour de moi. Je ne croyais pas l'homme si mauvais. Des laboureurs que j'avais vus laborieux, paisibles, que j'avais même crus religieux, se trouvèrent tout à coup transformés en démocrates braillards, pillards, en ennemis du roi et des nobles, et, je le dis la honte au front, en ennemis de Dieu et de son culte. Rien ne m'a plus frappé dans le cours de ma vie. Le nombre, il est vrai, en fut petit; mais, comme deux ou trois coquins font plus de bruit que mille honnêtes gens, il s'ensuivit que ces révolutionnaires semblaient vraiment une partie notable de la population. Ils se multipliaient par leurs cris, leurs démarches, leurs intelligences au dehors, par leurs rapports avec les administrations : on ne parlait que d'eux, on ne voyait qu'eux, rien ne se faisait que par leur ministère ; la terreur tenait tout le monde en silence ; en sorte que l'on pouvait dire, à ne regarder que la surface, que les campagnes étaient révolutionnaires, puisque la révolution s'y montrait et y agissait à son gré.

Et encore, en dehors de ces partisans avoués de la

8

démocratie, un bon nombre de laboureurs donnèrent quelque approbation aux mesures de la révolution. Je parle surtout de la spoliation des couvents et des nobles. Il est certain que beaucoup d'entre eux, une fois le premier étonnement passé, applaudirent du fond de leur cœur à cette iniquité. L'amour de la terre est tout à la fois le défaut et la vertu de l'homme des champs ; il aime la terre et la cultive, c'est bien ; il s'y attache et l'idolâtre, c'est trop. S'allonger, augmenter le nombre de ses prés ou de ses champs, c'est toute son ambition. Ce fut donc une joie de pouvoir se dire : J'aurai enfin, je puis donc avoir ce coin de terre qui m'ira si bien, cette pièce si nécessaire pour arrondir les miennes. Disons-le tout haut, on vit avec satisfaction entamer ces propriétés jusque-là inviolables ; et si un bon nombre de cultivateurs, retenus, les uns par leur conscience, les autres par la crainte d'être obligés de rendre, ne profitèrent d'abord pas de la vente des biens nationaux, ils n'en comprirent pas moins, avec une secrète joie, qu'un jour ces belles pièces de terre pourraient leur revenir, à eux ou à leurs héritiers. Ils ressemblaient en ceci à l'homme qui ne vole pas, mais se réserve de profiter de l'objet volé.

J'ai toujours cru que la justice divine ne laisserait pas cette maligne satisfaction sans quelque punition exemplaire. Et qui sait si les dangers que court la propriété, sous les menaces du socialisme, ne seront pas précisément la peine de cette complicité, que j'accuse, avec les ennemis de Dieu et de l'ordre social ? Notre vieux curé disait : On est toujours puni par où l'on a péché ; et, comme dans l'autre monde il n'y a pas de sociétés, mais seulement des individus , il s'ensuit que les corporations qui ont péché doivent subir leur peine en ce monde.

Or, toutes les classes de la société ont été fustigées dans le temps de la Révolution : le tour de l'agriculture serait-il encore à venir ?

XXI.

Liberté.

La révolution, disions-nous, avait écrit trois mots sur son drapeau : Liberté, Egalité, Fraternité.

Jamais mensonge plus solennel ne fut proclamé à la face du soleil. Il n'y a pas eu d'époque dans le monde où les hommes aient été moins libres, moins égaux et moins frères.

Liberté ! Il y a étrangement d'illusions sur ce mot, et des illusions qui ne sont pas encore près de se dissiper, à ce qu'il paraît. Je ne trouve rien de moins libre que le peuple qui vit sous les révolutions.

Exemple : Il est dans l'essence de l'homme qu'il puisse remplir ses devoirs envers Dieu et envers ses semblables. Certes! celui-là ne sera jamais réputé libre qui ne pourra sans obstacle rendre hommage à son Créateur selon ses goûts, honorer ses parents, soulager ses amis ou ses frères. Or, sous le règne de la démagogie, tous ces actes étaient considérés comme crimes et punis comme tels. Pour avoir rendu à Dieu le culte que la conscience impose, on était arrêté, mis en prison, guillotiné même. Un père qui avait fait passer des secours à un fils émigré; un fils, une fille, un frère, une sœur, qui avaient cherché à sauver un membre de leur famille arrêté sous le plus léger prétexte, étaient eux-mêmes mis en prévention et jugés, comme coupables de lèse-nation. Un domestique pour avoir porté secours à son maître devenait criminel, tandis que celui qui dénonçait ou livrait son ancien bienfaiteur était loué et récompensé. Etait-ce là de la liberté?

On arrachait le jeune homme à sa famille pour l'envoyer périr, dans les armées, de faim, ou de froid, ou sous les balles ennemies. Etait-ce de la liberté?

On forçait le marchand à livrer sa marchandise à tel prix, sous peine des fers. Etait-ce de la liberté?

Pas un prêtre ne pouvait paraître pour administrer au croyant les secours de la religion qu'il réclamait. Etait-ce de la liberté?

Personne n'osait se fier à son compatriote, à son voisin, à son ami, à son parent même. Une prime était offerte à la délation. On n'osait parler, respirer, pour ainsi dire : les murs mêmes semblaient avoir des oreilles. Sur les moindres prétextes, vous étiez exposé à être jeté en prison, traîné en jugement et souvent condamné. Toutes les relations de voisinage, de parenté, étaient suspectes. Etait-ce là de la liberté?

Je n'ai jamais pu comprendre qu'il y ait eu des

hommes assez fous pour croire que de telles époques étaient libres. Les révolutions sont essentiellement despotiques, c'est un fait d'histoire : mais qu'elles ne prennent pas le masque de la liberté. Les révolutionnaires sont partisans nés du pouvoir violent, soit : mais qu'ils ne se vantent pas d'affranchir l'homme et l'humanité.

Non : la liberté n'est possible qu'avec un pouvoir fort et respecté. La liberté n'est pas l'affranchissement de tout joug : elle est, avant tout, le droit de remplir ses devoirs. Pour que chacun soit vraiment libre, il est nécessaire que sa conscience soit respectée, d'abord : ensuite, il lui suffit qu'il puisse accomplir ses obligations, fonctionner dans son état, se mouvoir dans sa sphère. Il faut surtout que jamais une pression violente et injuste ne soit exercée sur lui. Or, encore une fois, il n'y a qu'un pouvoir fort, supérieur, indépendant de toute volonté subordonnée, qui puisse ainsi maintenir les droits de chacun, empêcher qu'un ne nuise à tous, ou que tous ne nuisent à un. Et ce don ne saurait appartenir à ces pouvoirs subits, nés de la force, maintenus par la force, tous essentiellement tyranniques, parce qu'ils sont obligés de demander à la violence ce que le droit leur refuse, et de se dédommager d'un passé qu'ils n'ont pas, d'un avenir qu'ils ne sauraient avoir, par la licence du présent.

On dit que la démocratie saura désormais éviter

ces excès. Je n'en crois rien : le tigre ne s'apprivoise pas. Je croirai plutôt que les lions s'offriront un jour à conduire nos chevaux, et les loups-cerviers à garder nos brebis, que je ne croirai à la conversion de ces natures démagogiques, forcément violentes et sanguinaires. C'est l'orgueil qui a créé les révolutions : et l'orgueil ne recule devant aucun excès. Celui qui ne peut souffrir le joug de personne, brûle d'imposer le sien à tous. Celui qui ne respecte pas les droits de Dieu, ne saurait respecter les droits de l'homme. Celui qui ne veut pas de supérieur, doit nécessairement rogner toutes les têtes qui semblent dépasser la sienne. Et, ce qui le prouve, c'est que le révolutionnaire n'épargne pas même ses propres amis, quand ils commencent à lui porter ombrage. C'est Robespierre guillotinant Danton, et Tallien guillotinant Robespierre.

Révolution et liberté sont les deux mots et les deux choses les plus opposés : qu'on se le tienne pour dit !

XXII.

Egalité.

Egalité ! autre amorce que toutes les révolutions ont placée à la hampe de leur drapeau, pour attirer les niais.

Il n'y a certainement pas de plus grands ennemis de l'égalité, que ces prétendus égalitaires. Le seul genre d'égalité qu'ils aient jamais vraiment reconnu et efficacement appliqué, c'est celui de la guillotine. L'égalité, pour eux, consiste à couper toutes les têtes qui leur portent ombrage : mais le niveau ne s'étend pas plus loin. Car, pour leur propre compte, dès qu'ils sont parvenus à aplanir ainsi leurs voies, à force de troncs décapités, il faut voir avec quelle ardeur ils saisissent l'occasion de se placer et de se maintenir au-dessus des autres.

Rien, selon moi, n'a mieux prouvé combien cette soif de distinction est particulière aux démagogues, que la conduite de ceux qui furent et qui resteront à jamais les modèles des révolutionnaires, les *grands*,

les *sublimes* égalitaires de 93. La nécessité où l'on
était alors de se tenir sur ses gardes, pour soi et
pour les siens, nous obligeait, nous pauvres paysans,
à lire les feuilles publiques. Je les dévorais avec
avidité, et mon heureuse mémoire, jointe à l'intérêt
tout spécial des circonstances, faisait que non-seulement tous les noms des principaux personnages de
l'époque se gravaient dans mes souvenirs, mais encore tous les accidents importants, toutes les phases
de cette sanglante tragédie, qui aura, je crois, un jour
son égale, mais qui ne l'a pas encore eue jusqu'à
présent. Or, j'entendais, par le moyen des feuilles
démocratiques, tous ces grands niveleurs proclamer,
ou à l'assemblée ou aux clubs, la nécessité d'établir
enfin cette égalité parfaite, qui était, selon eux, le
vœu de la nature. Ils déclamaient, avec une force
parfois entraînante, contre ces prétendues distinc-
tions introduites par la violence, contre ces titres
aristocratiques, aussi ridicules, disaient-ils, dans leur
nature qu'injustes dans leurs conséquences. C'était
bien. Mais quel fut mon étonnement de retrouver,
quelques années après, ceux de ces illustres patriotes
qui avaient échappé au couperet fraternel, de les
retrouver, dis-je, affublés de ces mêmes titres sur
lesquels ils avaient si bien déversé leur verve et leur
fiel démocratique! J'avais peine à en croire mes
oreilles, quand j'entendis parler du *comte* Sieyès,
du *comte* Carnot, du *comte* de Volney, du *duc* Cam-

bacérès ; quand je revis ces anciens partisans de l'é-
galité absolue occuper des places honorables et lucra-
tives, et se laisser chamarrer la poitrine d'une foule
de cordons et de croix. Je croyais rêver, et c'était
pourtant la vérité.

Je compris alors combien sont creuses ces doctrines égalitaires, et combien ceux qui les procla-
ment y croient peu. Je sentis jusqu'au bout des
doigts la vérité de cette parole : L'égalité, pour le révolutionnaire, consiste à renverser tout ce qui le dépasse, et à s'installer sur ses ruines !

Ne doutons pas un seul instant que les succes-
seurs des apôtres de la Convention pensent et agiront
comme eux. Il n'y a déjà qu'à ouvrir les yeux. Les
voyez-vous se disputer l'empire des doctrines ?
Les voyez-vous se tirailler les lambeaux de l'o-
pinion publique ? Voyez-vous cette guerre d'ex-
termination — par la plume — préludant à celle
qui ne manquera pas de surgir, quand ils seront les
maîtres ?

C'est une profonde erreur de croire que l'égalité
absolue des classes soit un avantage pour une nation, disait un jour notre bon curé. L'histoire
prouve que les nations les plus puissantes du monde
étaient divisées en plusieurs classes. Les Romains
n'en comptaient pas moins de douze : d'abord les
sénateurs et les chevaliers ; puis le peuple subdivisé
en dix centuries. Et cependant le dernier des Ro-

mains était libre et fier d'être Romain ; il sentait sa dignité d'homme, et il la possédait.

Le bon vieillard avait raison, et mes propres observations ont plus tard confirmé les siennes. Voyez, par exemple, l'Angleterre. Aucun pays n'est plus divisé en classes que l'Angleterre, et c'est un pays riche, puissant, industriel : les choses y sont stables ; les lois, les positions demeurent ; tout y est fort et grand. Je ne parle que du gouvernement, bien entendu. La France prend la route opposée : où peut-elle aboutir ? Nos législateurs n'y ont rien compris. Il se sont laissé dominer par la soif de niveler et d'abolir ; mais, quand une fois on a mis le pied dans cette voie, on ne sait plus où s'arrêter. Du reste, je n'entends point que la France soit divisée en castes immuables et absolues, comme chez les Indiens, par exemple. Non : je veux que, comme jadis chez les Romains, et aujourd'hui chez les Anglais, tous puissent s'élever de classe en classe : c'est ce qui fait un grand gouvernement. Je veux qu'on puisse arriver par la parole ou par l'épée, comme dans notre ancienne monarchie : c'est ce qui fait les peuples grands ; je veux qu'on monte de classe en classe, comme autrefois chez nous encore, où le bourgeois pouvait insensiblement arriver à la noblesse, et en monter tous les degrés : c'est ce qui rend les nations glorieuses et fortes. Mais dans ces cas-là, le mérite seul se fait jour, le génie seul arrive au sommet, et par

là se trouve garantie des piéges mêmes de l'ambition toute cette tourbe de *dévorants* de bas étage,
chez qui l'orgueil égale l'impuissance, et qui em-
ploient à bouleverser les Etats une activité qui eût
tourné, dans un ordre de choses régulier, à leur
propre bonheur et au profit de la patrie.

Non, non, il n'y a pas d'égalité possible. Dieu lui-
même n'en admet point devant lui. Il n'a pas doté
deux créatures de la même manière et au même
degré. Il n'a pas fait deux âmes, deux tiges de blé,
deux feuilles d'arbres, deux étoiles, semblables et
égales en tous points. Souvent, au milieu des champs,
je faisais cette réflexion: que la variété fait toute la
beauté de la nature, et que c'est à cette perpétuelle
et universelle inégalité qu'on y observe, qu'est due
la magnificence du spectacle déroulé sous nos yeux.

Si l'égalité est une chimère dans l'ordre de la
nature, c'est-à-dire s'il est impossible de ramener
à la même taille toutes les montagnes, tous les arbres,
tous les cours d'eau, tous les animaux, tous les brins
d'herbe, comment y ramènera-t-on tant d'êtres in-
telligents, dotés de qualités naturelles si diverses, et
surtout pouvant continuellement, au moyen de la
liberté, modifier leurs propres conditions et manières
d'être? Et si l'inégalité de tempérament, d'âge, de
force, de volonté, d'intelligence, de santé, etc...,
est absolument inévitable, comment les mêmes devoirs et les mêmes droits s'enteront-ils sur cette

variété? C'est-à-dire comment ceux qui feront mal auront-ils les mêmes droits que ceux qui feront bien? Comment le paresseux aura-t-il les mêmes droits que le diligent? Comment l'immoral mérite-ra-t-il la même considération que l'homme rangé? Comment, avec des forces et des capacités différentes, aura-t-on les mêmes devoirs? C'est-à-dire, obligera-t-on le faible à faire autant que le fort, l'idiot à remplir les mêmes offices que l'homme de génie? Le seul énoncé d'une telle proposition en fait voir le ridicule.

Or, si les hommes n'ont pas les mêmes droits et les mêmes devoirs d'une manière absolue, il faudra nécessairement en revenir à la répartition proportionnelle, c'est-à-dire traiter chacun selon sa capacité et selon ses mérites. Mais qui sera juge de cette répartition? Qui sera chargé de fixer à chacun sa quote-part de droits et de devoirs? Quelle sanction la décision aura-t-elle, sous un régime où toute loi divine est rejetée, où l'homme est livré sans frein à l'empire de ses passions? On sent qu'on tombe dans un labyrinthe de difficultés, ou plutôt dans une anarchie complète.

Ah! qu'il est bien plus simple de laisser aller le cours des choses comme la Providence et la nature l'ont établi. Sans doute, il y a des inconvénients, et il ne peut pas ne pas y en avoir avec une nature corrompue comme l'est celle de l'homme; mais mieux vaut encore subir les suites du péché originel, corrigé par les lois divines et humaines, que de se con- damner à la perpétuelle anarchie créée par les pas- sions des hommes et l'oubli des lois de Dieu.

XXIII.

La fraternité.

C'est le christianisme qui a inventé ce mot : qu'il reste chrétien, et que la folie humaine ne le gâte pas.

Le christianisme seul a pu rendre frères des hommes que le caractère, les intérêts, les passions, les différences de talent ou de fortune, divisaient irréconciliablement. Il n'a fallu rien moins que la parole et les exemples d'un Dieu pour rapprocher ce que le péché avait si profondément divisé.

Je me souviens que, plus d'une fois, notre vieux curé nous parla, au catéchisme, de l'état misérable où était plongée une grande partie de l'humanité avant la venue de Jésus-Christ. Il parlait de ces infortunés que les guerres ou d'autres causes avaient réduits à l'esclavage. Un jour, en particulier, il nous peignit si vivement le sort de ces pauvres proscrits de l'espèce humaine, qu'il nous fit tous pleurer. Le maître, disait-il, avait sur son esclave un pouvoir absolu : il pouvait le vendre, le frapper, le priver de nourriture, le tuer même, sans avoir à en rendre compte à personne. En un mot, on regardait l'esclave plutôt comme un animal que comme un homme. Il nous cita différents traits qui étaient vraiment révoltants, notamment celui d'un grand de Rome qui jetait des esclaves vivants à de gros poissons pour les nourrir.

Eh bien! ce fut Jésus-Christ qui abolit cette odieuse distinction entre l'homme et l'homme. Et on appréciera mieux encore le service qu'il rendit en cela à l'humanité, quand on saura que le nombre des esclaves était dans une proportion énorme vis-à-vis du reste de la population. A Rome — et Rome, c'était le monde — il y avait vingt esclaves pour un homme libre.

On a beau chercher à peindre sous les plus noires couleurs la condition du pauvre dans l'état actuel; elle ne peut être comparée à celle de l'esclave sous le paganisme. Sans doute, il y a des hommes bien malheureux ici-bas, et notre progrès, si vanté, ne tend guère qu'à en augmenter le nombre. Mais il reste encore au pauvre prolétaire des biens, des consolations que l'esclave n'avait pas. Ensuite, à quoi faut-il attribuer cette grande misère, cette affreuse détresse d'une classe assez nombreuse dans nos sociétés modernes? Uniquement à l'affaiblissement de l'esprit religieux. Le mercantilisme a remplacé le dévouement; la philanthropie s'est substituée à la charité, le scepticisme à la foi : et voilà la cause de nos malheurs. Le pauvre, en perdant la foi, a perdu la moralité, l'amour du travail, le goût de l'économie, la résignation dans ses maux ; le riche, d'autre part, en devenant irréligieux, a perdu la volonté et l'art de faire le bien ; il est devenu égoïste, sensuel, dur : et, de là, une guerre perpétuelle s'est établie entre ces deux portions de la société ; c'est un duel à mort entre celui qui a et celui qui n'a pas.

Et cette guerre, ce duel, qui l'a établi? La démocratie. C'est elle qui a voué le riche à l'anathème ; c'est elle qui a fait voir au pauvre un oppresseur, un spoliateur même, dans quiconque est favorisé des dons de la fortune. A personne donc moins qu'à elle, il ne convient de parler de fraternité. Etait-ce de la fraternité, quand on pendait un homme à la lanterne, uniquement parce qu'il était riche? Etait-ce de la fraternité, quand on précipitait la populace sur les châteaux et sur les couvents? Etait-ce de la fraternité, quand on battait monnaie sur la place de la Révolution, c'est-à-dire quand des milliers d'hommes montaient sur l'échafaud, uniquement parce qu'ils avaient eu le malheur de naître affublés d'un titre ou nantis d'une fortune?

Je le dis avec honte : il n'était pas possible d'abuser plus indignement d'une expression sublime. La fraternité que la démagogie prétend imposer au monde est celle que pratiqua Caïn. Et, encore une fois, qu'on ne se laisse pas prendre aux doucereuses promesses de ces hypocrites de la liberté. Les fils ont hérité du caractère menteur et méchant des pères. Et puis, à supposer que quelques-uns mettent de la sincérité dans leurs paroles, ils seraient forcés, par les événements mêmes, à démentir leur théorie par la pratique. Il est absolument nécessaire qu'il y ait des aînés dans une famille ; on ne saurait renverser cette loi de la Providence : elle est écrite dans toutes les pages de l'histoire ; en vain donc nos démagogues voudraient l'effacer de la grande famille humaine.

Toute infraction aux lois de la Providence entraîne toujours des calamités que le coupable auteur ne peut lui-même prévoir. Le premier homicide ne songeait d'abord pas, j'en suis sûr, à immoler son frère innocent. Mais le principe qu'il avait admis dans son cœur exigeait cette conséquence : il la tira.

Révolutionnaires de bonne foi, si vous existez quelque part, ne vous flattez pas de vous arrêter sur la pente : avec vos principes d'égalité absolue, vous arriverez nécessairement à la fraternité à la mode de Caïn. N'oubliez pas ce mot, qui devrait être gravé partout en lettres de sang :

LE CHAR RÉVOLUTIONNAIRE BARDE TOUJOURS !

XXIV.

Une victime.

La révolution nous frappa en passant. Les doctrines qu'elle professait, et surtout sa manière d'agir, choquaient trop vivement les idées de ma famille, pour ne pas y rencontrer une vive opposition. Etait-il, d'ailleurs, une âme honnête qui ne dût pas subir cet orage ? Quand l'ouragan éclate, il n'est pas un brin d'herbe qui ne s'en ressente.

Mon père fut jeté en prison. On l'accusait de mille choses aussi coupables les unes que les autres, comme, par exemple, d'être un aristocrate, un feuillant, un modéré ; de correspondre avec Pitt et Cobourg ; de faire passer des secours aux émigrés ; de tenir à la superstition romaine ; de respecter le repos du dimanche, et de ne pas se soucier du décadi ; d'avoir pleuré la mort de Louis XVI — ce qui était vrai, soit dit en passant — et de cent autres délits de cette importance.

Le véritable grief était que mon père n'était pas,

ne pouvait pas être révolutionnaire et impie, ou, du moins, qu'on le supposait incapable de le devenir. Les obstacles que la démagogie cherchait à enlever de son chemin étaient quelquefois purement passifs : elle ne supportait pas la présence d'un honnête homme, qui, par ses précédents et sa conduite actuelle, fût une condamnation vivante des attentats qu'elle commettait contre l'humanité.

Un beau soir donc, pendant que nous causions paisiblement près de notre foyer, deux gendarmes se présentèrent, accompagnés du maire du village. Or, ce maire était précisément le mauvais voisin avec qui nous avions eu un procès. C'était lui qui avait dénoncé mon père. Il ne pouvait supporter la pensée d'avoir été vaincu, ni celle d'être obligé de vivre côte à côte avec un honnête homme.

Ils déclarèrent mon père en état d'arrestation. Cette nouvelle nous frappa de consternation : car, bien que la tournure des affaires nous présentât un tel événement comme possible, cependant l'obscurité dans laquelle nous vivions, la considération dont mon père jouissait, et son caractère éminemment paisible, nous semblaient des raisons d'espérer que nous pourrions échapper à la fureur de l'hydre révolutionnaire. Il n'en fut rien. Il était huit heures du soir : c'était le 12 février 1793, trois semaines après la mort de Louis XVI.

J'étais alors souffrant assez gravement d'une chute

que j'avais faite d'un arbre. Cet accident, qui eût été
si malheureux dans toute autre circonstance, avait
été considéré comme un grand bonheur dans celle-
ci : car, sans cela, j'aurais fait partie de cette célèbre
levée de dix-huit à vingt-cinq, qui fit tant de victimes
et tant de héros. J'avais eu la cuisse cassée : l'opéra-
tion, pour la remettre, fut difficile ; une fièvre ar-
dente s'empara de moi, et le chirurgien eut un instant
peur pour ma vie. Mais tel était le délire révolutionnaire, que ce fut à peine si l'on se laissa toucher de
mon état pour me dispenser de partir immédiatement,
quand le décret de la Convention vint jusqu'à nous.
Le révolutionnaire magistrat de notre village mettait
une insistance étrange à me faire partir ; il alla jusqu'à
m'accuser au district de simuler un mal que je
n'avais pas ; ce qui provoqua une visite de médecin, où mon état fut facilement constaté. Sur
quoi il se rabattit à dire que je m'étais jeté exprès
en bas de mon pommier, pour me dispenser de
servir la patrie : je croirais assez volontiers que
cette supposition ne rencontra pas rien que des incrédules.

Quoi qu'il en soit, on me laissa libre, mais avec
l'injonction expresse de me rendre au district pour
y recevoir ma feuille de route, dès que je serais
guéri. Je ne savais trop que désirer : ou une gué-
rison qui m'exposait à être tué par le boulet ennemi,
ou des souffrances qui m'arrachaient des cris de dou-

leur et menaçaient mon existence. Je me soignais pourtant, ou plutôt j'étais soigné avec une grande assiduité par ma pauvre mère, qui, tout en compatissant à ma douleur, éprouvait cependant une sorte de satisfaction à voir qu'elle devait à cette circonstance le bonheur de conserver son fils. S'il avait fallu, me disait-elle avec une touchante naïveté, opter entre les deux genres de mort dont j'étais menacé, il lui eût semblé préférable de me voir expirer dans mon lit et entre ses bras, plutôt que de me sentir au milieu des privations de la guerre, soutenant une cause impie, et exposé à mourir, sans secours d'aucune sorte, sur un champ de bataille.

J'étais donc entré en convalescence, quand le malheur dont j'ai parlé plus haut vint nous surprendre et nous plonger dans la tristesse. Rien ne saurait peindre notre consternation au moment où nous vîmes notre bon père, vieillard plus que sexagénaire, saisi au collet par ces deux gendarmes, puis enchaîné comme un vil malfaiteur, et emmené nous ne savions où, à la mort peut-être ! Que cette séparation fut triste ! que les adieux furent déchirants ! Je vois encore tous les membres de la famille se jetant entre ses bras, l'embrassant, l'étreignant tour à tour, à la fois, et l'arrosant de leurs larmes. Ma mère, femme forte pourtant, tomba en faiblesse, et ce fut un bien, peut-être : car elle n'eut pas la douleur de voir sortir son époux. Pour lui, il était serein comme à l'ordinaire ; la fermeté de son caractère ne se démentit pas. Il nous rassurait, nous consolait de son mieux, nous faisant entendre que son absence ne pouvait pas durer longtemps, puisque l'on n'avait rien à lui reprocher, et qu'on ne trouverait certainement aucune accusation fondée à dresser contre lui. — C'est une épreuve, mes enfants, ajoutait-il, et Dieu la permet pour notre bien. Vous savez que rien n'arrive que par sa permission, et qu'il peut avoir de bonnes raisons de laisser ses enfants en proie à l'injustice des hommes. Si la république est juste, elle vous renverra votre père ; si elle ne l'est pas, à quoi nous sert de vivre? Il vaut mieux mourir que d'être plus longtemps témoin de l'injustice des hommes. D'ailleurs, votre père est vieux : un peu plus tôt, ou un peu plus tard, qu'importe devant l'éternité?

Hélas! ces paroles nous attristaient davantage, bien loin de nous consoler. En attendant, les gendarmes emmenaient leur prisonnier. Je me souviens que ma plus jeune sœur s'était tellement enlacée à son pauvre père qu'on eut peine à l'en détacher : elle voulait partir et mourir avec lui. Mon sang bouillonnait dans mes veines : j'avoue que la colère dominait en moi la douleur. Mille pensées se heurtaient dans ma tête : je sentais tout mon être se révolter contre une si criante injustice. Des idées de vengeance naissaient en moi : si la faiblesse ne m'eût

retenu , je ne sais à quoi je me serais porté, dans
l'espèce de transport dont j'étais saisi. Le misérable,
surtout, qui avait dénoncé mon père, m'était tellement
odieux que je fus vingt fois tenté de me précipiter
sur lui , pendant qu'il excitait , lui , radieux et
triomphant, les gendarmes à bien faire leur devoir,
et ajoutait encore l'insulte à l'injustice. Cette heure
fut une des plus horribles que j'aie passées de ma
vie.

Enfin mon père s'éloigna de nous. Nos yeux le
suivirent encore longtemps , à la lueur de la lanterne
que portait l'un des gendarmes, et nos cris l'accom-
pagnèrent jusqu'à ce qu'il eût entièrement disparu.
Chose étrange! mais que les circonstances expliquent
assez : presque personne ne lui donna un témoignage
de sympathie : on le regardait passer sans dire mot,
sans faire un signe d'amitié : tant la terreur avait
glacé les voix et les cœurs !

Notre chaumière devint bien triste : tout le long
des jours, tout le long des nuits, nous avions devant
les yeux cette image chérie ; et Dieu sait sous quels
traits elle se présentait à nous ! Mon père était dans
la prison du district, mais il n'y resta guères : on le
conduisit dans celle du chef-lieu d'arrondissement.
Mes sœurs, mes frères s'empressèrent , dès le sur-
lendemain, d'aller pour le voir, ou au moins pour s'in-
former de lui. Une seule fois on leur permit d'entrer dans sa prison : les autres jours, ils furent im-

pitoyablement repoussés. Il était défendu d'avoir aucune communication avec lui, de rien lui faire passer;
et telle fut la rigueur de la consigne, que nous dûmes
renoncer à ces démarches inutiles, peut-être même
nuisibles, en ce qu'elles pouvaient aggraver le sort du
pauvre prisonnier. Nous fûmes donc réduits à igno-
rer ce qu'était devenu l'être le plus cher que nous
eussions au monde : il aurait pu être condamné et
mené à l'échafaud, sans qu'il nous fût donné de le
voir, de l'embrasser une dernière fois, et de recevoir
sa suprême bénédiction.

Cette cruelle incertitude aggrava tellement mon
état, que je tombai dangereusement malade. L'irritation à laquelle j'étais en proie prenait chaque jour
un nouvel aliment dans l'aspect de notre vil ennemi,
qui, sous prétexte d'ordre reçu pour nous surveiller,
venait chaque jour exercer chez nous une odieuse
inquisition. Ah ! que Dieu me pardonne toutes les
brèches que je fis à la sainte vertu de charité ! Mais
que l'amour des ennemis, que le pardon des injures,
me semblaient alors difficiles !

Révolutions, que votre puissance pour le mal est
grande ! que de maux vous faites, sans le savoir et sans
le vouloir peut-être ! On a eu raison de le dire : le
roi le plus méchant ne peut faire tout le mal qu'il
veut, parce qu'il manque d'instruments pour servir
sa volonté; mais la révolution, même la plus bénigne
—s'il pouvait y en avoir—en fait toujours plus qu'elle

ne veut, parce qu'elle a des milliers d'instruments qu'elle ne cherchait pas, auxquels elle ne songeait pas, et qui la servent en aveugles. Le despotisme ne frappe que certaines personnes ou certaines classes ; l'anarchie atteint tout.

XXV.

L'agriculture et les révolutions.

La révolution avait été proclamée au nom du peuple, et pour le peuple. Depuis trois ans, les promesses les plus magnifiques pleuvaient partout, sur nos campagnes en particulier ; on nous anonçait un nouvel âge d'or, la terre allait nous appartenir, et donnerait ses fruits presque sans travail. Le fait est que cette époque fut très malheureuse pour l'agriculteur. Non-seulement il ne nous vint ni protection ni secours, de la part du gouvernement; mais, au contraire, les contingents, la conscription, le maximum, pesèrent effroyablement sur nous. De plus, comme si le Ciel eût voulu punir la terre, les récoltes furent rares et mauvaises : la cherté se manifesta, et prit un caractère plus grave des circonstances; chacun, ayant peur, s'efforçait de cacher ses denrées, et la force publique cherchant à les découvrir, la disette augmentait par les mesures mêmes que l'on prenait pour la faire cesser.

Au reste, quelle classe de la société, quel genre
de commerce ou d'industrie ne souffrit pas de cette
commotion générale? La pénurie était partout, parce
que le désordre était partout. La révolution avait
beaucoup promis; elle eut la force en main, et fit
tout ce qui peut se faire avec la force. Elle remplit
les prisons de familles riches, confisqua les plus
opulents patrimoines, préleva des taxes forcées pour
plus de cent millions, vola trois milliards de biens
au clergé, cinq milliards à la noblesse : et, en résumé,
à quoi aboutit-elle? à la détresse universelle et à la
banqueroute. De tant de cloches fondues, de tant
de châsses démolies, de tant de calices monnayés,
de tant d'églises et de châteaux pillés, que resta-t-il
bientôt? La famine et la misère : misère si profonde,
si universelle, que la ville de Toulouse ne pouvait
pas payer les mois de nourrice de ses orphelins ;
que la ville de Bordeaux ne pouvait plus allumer ses
réverbères ; que la Convention laissa après elle cinquante milliards de banqueroute; et que Carnot — un
fameux révolutionnaire pourtant — nommé membre
du gouvernement du Directoire, ne pouvait pas
trouver un domestique, faute d'argent ou de crédit
pour répondre de ses gages.

Les suites de la guerre se faisaient aussi vivement
sentir dans nos campagnes. C'est surtout sur le pauvre laboureur que pèse ce grand désastre qu'on appelle la guerre. C'est le paysan qui fournit des soldats,

des charrois, des vivres. Jamais, mieux qu'à cette époque néfaste, ce dur fléau n'exerça sur nous ses ravages.· Certaines provinces — surtout celles des frontières — furent horriblement foulées. C'étaient de continuelles réquisitions en hommes, en chevaux, en vivres; c'était tantôt à cette ville, tantôt à cette autre qu'il fallait conduire des grains, du foin, de la paille. Pendant ce temps-là les travaux étaient négligés ; le découragement s'emparait du cultivateur ; l'incertitude des événements, la difficulté de vendre les denrées, la rareté du numéraire, la dépréciation du papier-monnaie, les mutations qui venaient de s'opérer dans les propriétés par la vente des biens dits nationaux, et surtout le départ forcé de tous les jeunes gens pour l'armée, toutes ces causes, et bien d'autres que je ne puis mentionner, avaient jeté le désordre dans l'agriculture. Je n'oublierai jamais le coup d'œil attristant qu'offraient nos campagnes. Dans notre village, par exemple, beaucoup de champs étaient restés incultes : les uns parce qu'ils avaient été achetés comme biens nationaux, et que personne ne voulait les labourer ; les autres parce que, comme chez nous, le propriétaire était en prison ; ceux-ci, parce que le plus valide des membres de la famille avait été obligé de partir ; ceux-là, parce que les propriétaires avaient été menacés du pillage, s'ils ensemençaient leurs terres, etc....

Je le répète, l'esprit révolutionnaire tue toute

espèce de zèle et d'ardeur au travail. A quelque état
que l'on appartienne, on gémit, on souffre, on se
décourage sous la pression, sous les menaces inces-
santes de la démagogie. L'agriculture, comme tous
les états, vit de tranquillité et d'ordre : il lui faut le
calme du présent, et la perspective de l'avenir. Le laboureur sent surtout trop bien le prix du travail,
pour en aventurer les résultats ; il perd le courage
de semer, quand il n'a pas la certitude de récolter.

On a beaucoup vanté les résultats de la division de
la propriété : ce devait être là, suivant nos écono-
mistes, le point de départ de l'aisance universelle.
On a dit et répété à satiété que le sol était négligé
entre les mains des nobles et des moines. Je n'entrerai point dans cette question : la division de la propriété est consommée, et son morcellement semble
toucher à sa dernière limite. Au lieu de quelques
cent mille propriétaires, nous en avons sept ou huit
millions : c'est là un fait sur lequel il serait inutile
de disputer. Quant aux avantages qui en ont été la
suite, je ne partage point là-dessus tout à fait les
idées reçues. On me dispensera d'entrer dans les
détails ; mais je ne puis m'empêcher de faire ici une
observation : c'est que la grande propriété est une
garantie d'ordre, et la base de l'esprit de conser-
vation. En effet, quand elle s'en va en parcelles,
la propriété n'a plus de prix : personne n'y tient. Le
laboureur alors est trop pauvre pour pouvoir la soi-

gner, en sorte que partout le sol dépérit. Il est remarquable aussi que c'est dans le pays où la propriété
est le plus morcelée que les doctrines du socialisme
et du communisme font le plus de ravages. Voyez
la France, et comparez-la avec l'Angleterre, où se
trouvent les plus riches et les plus puissants propriétaires du monde. Je me rappelle que, dans ma jeunesse, l'aisance et la paix régnaient dans nos campagnes : nous n'avions point de mendiants dans la
contrée. Aujourd'hui ils y pullulent. Partout, le laboureur est mal à l'aise, la misère fait des progrès
incessants, et l'époque n'est pas éloignée peut-être où
chacun mourra de faim à côté de son coin de champ.

XXVI.

Le droit de propriété et la révolution.

Jamais l'injustice n'a porté bonheur. Toujours une nation expie les attentats qu'elle laisse commettre contre les lois générales de la Providence. C'est pourquoi les révolutions, qui ne sont au fond que de grandes injustices, laissent après elles de si longues traces de souffrances.

La propriété est, de sa nature, un droit sacré. Elle est la base de la famille, le fondement de nos sociétés chrétiennes. C'est par la propriété que l'homme s'arrête sur un coin de terre, qu'il s'y établit, qu'il y travaille, qu'il s'y multiplie : ôtez la propriété : le foyer, la famille, le travail, la patrie, disparaissent à la fois. L'homme ne sera plus différent de l'oiseau, qui bâtit au hasard son nid et s'en va, ou du sauvage, qui parcourt toute la superficie de ses déserts, sans se fixer nulle part.

Et cela est si vrai, que, quand on veut coloniser, c'est-à-dire civiliser une terre, on commence toujours par y constituer le droit de propriété. Un barbare est à moitié chemin de la civilisation, dès qu'il est propriétaire.

Ces idées vivaient depuis quinze siècles au sein de la société chrétienne. Elles y étaient tellement entrées dans les mœurs, que l'on ne songeait pas même à s'enquérir de la manière dont les grands propriétaires avaient pu le devenir. La propriété était un fait : on le respectait.

Quand donc les assemblées révolutionnaires mirent la main sur une grande partie des propriétés, elles commirent un attentat qui devait, tôt ou tard, amener la ruine de la société. Elles eurent beau colorer cette usurpation des prétextes les plus pompeux ; l'injustice était flagrante. Une longue possession avait consacré les biens des grandes familles et des monastères : ce titre seul suffisait, et il suffisait tellement, qu'aujourd'hui même nos lois, toutes révolutionnaires qu'elles sont, admettent le droit de prescription comme une nécessité de l'ordre social. Eh ! où en serait-on s'il fallait discuter, vérifier la légitimité de tous les titres de possession ? Ce serait jeter dans toutes les relations sociales une perturbation sans fin. Et il ne sert de rien de dresser contre les ordres ou contre les personnes des accusations, des listes de proscription, pour se donner ensuite le droit de les dépouiller. Ce serait un procédé par trop facile, de couper la tête à quelqu'un, pour pouvoir légitimement

10

s'emparer de ses biens. Le brigand qui tue sa victime avant de lui prendre sa bourse, commet un double crime, et voilà tout.

J'entends aujourd'hui des gens se plaindre que l'ordre social est ébranlé par la base, et que la propriété est menacée dans son universalité : cela est vrai ; mais, si on a lieu de s'en plaindre, on n'a point droit de s'en étonner. Il y a soixante ans que le principe a été posé, et cette sorte d'ennemis de la société qu'on appelle, sans doute par ironie, les socialistes, ne font que tirer les rigoureuses conséquences des actes de la révolution de 93. On a pillé les moines : de quel droit ? Parce qu'ils étaient oisifs ? Que de rentiers d'aujourd'hui ne travaillent pas davantage ! Il n'y a, je crois, aucun des arguments produits contre les aristocrates et les moines qui ne puisse être retourné, avec autant de raison, contre les propriétaires d'aujourd'hui. L'énorme injustice commise contre le droit de propriété pèse et pèsera à jamais sur la société, jusqu'à ce que la ruine universelle soit consommée, et que les mots de propriété et de vol aient disparu du langage.

Honnêtes propriétaires, vous avez beau vous raidir, vous retenir sur la pente : votre arrêt est porté depuis soixante ans. Heureux si vous n'avez pas encore, comme vos devanciers, l'honneur, peu envié, de porter votre tête sur l'échafaud !

XXVII.

La famille.

La révolution, avons-nous dit, fut avant tout une séparation violente entre l'Eglise et l'Etat. Depuis l'origine du christianisme, la société, sentant le besoin de se rattacher au principe qui l'avait arrachée à la pourriture du paganisme, s'était livrée, en quelque sorte, corps et âme à son action : comme un malade désespéré s'abandonne au médecin qui vient le guérir. Qu'était-ce, en effet, que le monde au moment où la croix apparut? Un horrible chaos, un cloaque sans fond. On l'a trop oublié : sans le christianisme la société serait perdue, parce que, depuis longtemps les derniers vestiges d'un ordre quelconque auraient disparu de son sein. Mais l'esprit du mal, qui vit depuis le commencement, ne pouvait supporter le joug que lui imposait la foi nouvelle. L'adversaire de tout bien, qui déclara la guerre à l'homme dès son berceau, et avait fini par étouffer la tradition primitive, recommença sa lutte avec une plus vive ardeur contre le principe naissant. Et le duel a duré dix-huit siècles, avec des alternatives de succès et de défaites.

Qu'on ne s'y trompe pas : la révolution française fut au fond l'explosion de cette longue révolte contre Dieu. Elle consomma, ou crut consommer la lutte qui durait depuis si longtemps. Fille de l'incrédulité, elle espéra avoir raison de Dieu. Sans aucun doute, elle eût réussi, si la religion eût été chose humaine. Je ne suis qu'un modeste paysan, sans instruction et sans lettres ; mais il me semble que l'argument le plus fort en faveur de la religion de Jésus-Christ, est précisément qu'elle ait résisté à une attaque aussi longue et aussi furieuse, où tout était contre elle et rien pour elle, en apparence. Je respecte les nombreuses preuves par lesquelles on démontre son origine supérieure ; mais celle-là m'a toujours frappé entre toutes. Non, encore une fois, un ouvrage humain n'eût pu tenir bon contre une si horrible tempête.

La distinction du mariage civil et du mariage religieux fut une des conséquences du schisme que l'État consommait vis-à-vis de l'Église catholique ; et ce fut, sans contredit, une des plus funestes. Je vis mon vieux père froncer le sourcil, la première fois que cette mesure révolutionnaire parvint à sa connaissance. — Voilà la pierre du coin ébranlée, dit-il avec un accent de tristesse ; ils s'attaquent à la famille ; tôt ou tard l'édifice croulera ; ce n'est plus, maintenant, qu'une affaire de temps. — Il avait raison.

J'entends maintenant bien des gens se plaindre des attaques dirigées, par les modernes destructeurs, contre la sainteté du mariage et l'indissolubilité du lien conjugal. Il n'ont pas tort de se plaindre ; mais la première source du mal est là. Du jour où la société arracha à l'empire de la religion le contrat le plus sacré, l'acte le plus important de la vie du citoyen ; dès ce jour, elle dut s'attendre à n'avoir bientôt plus de frein à opposer au débordement du vice. On n'efface pas impunément le sceau divin, partout où Dieu l'a placé. On a voulu faire du mariage une affaire purement humaine, une cérémonie purement civile ; on lui a enlevé le prestige qui l'avait jusqu'alors entouré, en laissant croire au peuple que ce contrat sublime puisait toute sa force dans la loi humaine, que c'était la parole du magistrat et non l'assistance du prêtre qui serrait ce nœud sacré. Aussitôt le peuple a commencé par perdre le respect qu'il portait jusqu'alors à cet acte si important de la vie. Il comprit que la sanction de Dieu n'était plus nécessaire. Les mariages dits civils se multiplièrent, sinon dans les campagnes, au moins dans les villes ; et si quelques âmes fidèles cherchaient encore un prêtre pour les marier en secret, la plupart se contentaient de la ridicule formalité établie par l'autorité révolutionnaire.

Puis vint la prétendue loi du divorce, qui acheva
de détruire aux yeux des hommes le caractère sacré
du mariage. La loi évangélique était sapée par sa
base. L'union de l'homme et de la femme ne pouvait plus être considérée que comme un accouple-
ment fortuit, comme un nœud fragile, qu'un caprice
avait formé, et qu'un caprice pouvait rompre. Aussi
cette loi fut-elle accueillie avec une monstrueuse facilité. Dans les trois premiers mois de 1793, le nombre
des mariages rompus égala le tiers des mariages contractés ; c'est-à-dire que sur trois couples, un se sé-
parait violemment : sur trois familles, une était livrée
à toutes les chances du hasard et aux funestes exemples de l'inconduite. Et la contagion gagnait. Nul
doute qu'avant peu le divorce ne fût devenu la loi
commune, si l'on n'eût posé quelques limites à cette
effroyable licence. La révolution elle-même eut peur
de son œuvre, et opposa une barrière aux ravages
du torrent.

Qu'on ne se fasse donc pas d'illusion : le coup
mortel a été porté alors à cette pierre angulaire de la
société, qu'on appelle le mariage. Tout ce que nous
entendons aujourd'hui, et tout ce que l'on verra plus
tard n'en sont que les conséquences. Sans doute, le
divorce a été aboli dans la loi ; mais il est resté dans
les idées, et même dans les mœurs. Il me revient
que des désordres étranges souillent plus d'un foyer
dans les grandes villes, et que le mariage n'y est

souvent qu'un divorce réel, dissimulé sous un masque d'honnêteté.

Après tout, si le peuple est souverain, si le pouvoir vient de lui, surtout si ce pouvoir est inaliénable, en quoi les lois civiles peuvent-elles enchaîner la volonté ? Qu'est-ce que ces bouts de papier qu'on appelle des lois ? Les pères ont-ils pu lier leurs fils ? Je ne comprends pas comment, à moins d'un véritable despotisme, on forcerait deux époux à subir un joug qu'ils ont contracté librement, et qu'ils maudissent tous les deux, quand ce joug n'a d'autre sanction qu'une volonté, ou plutôt une force qui leur est étrangère. Si l'homme est souverain, qui peut lui faire la loi ? S'il a le droit de penser, en religion, en politique, comme bon lui semble, qui l'empêchera d'en faire autant en morale ? Et si l'opinion est libre, pourquoi l'action ne le serait-elle pas ? On ne peut, dans cette supposition, échapper à l'absurdité, ou plutôt à l'extrême immoralité , que par l'inconséquence.

Oui, oui, tôt ou tard, le germe donnera son fruit. On apprendra bientôt ce que l'on a gagné à repousser Dieu de la société. L'homme, hélas ! ne se corrige pas par la raison : il ne se corrige pas même par l'expérience des autres. Il faut qu'il subisse lui-même les conséquences de ses erreurs pour les reconnaître, et faire un pas dans la voie du retour.

Que d'hommes ont applaudi à la spoliation du

clergé et des nobles, qui ne songeaient guère qu'un jour le même procédé menacerait leur fortune !

Que de prétendus libéraux ont applaudi à la séparation du mariage religieux et du mariage civil, qui ne songeaient pas qu'un jour s'ensuivrait la ruine de la famille !

Seigneur, que l'homme est aveugle et que vos jugements sont justes !

XXVIII.

Une visite.

Mon père tomba malade en prison. Sa robuste
santé ne put tenir à ce défaut de grand air et d'exercice, à cet isolement de sa famille, et surtout aux
soucis qui préoccupaient sa tête. Des bruits de toute
nature couraient dans ces temps de trouble, et em-
pruntaient des circonstances mêmes des motifs de
crédibilité. Vraiment, qu'y avait-il d'impossible, et
même d'invraisemblable, dans ces jours d'anarchie
sanglante? Que d'hommes se couchaient inquiets la
veille, et ne se couchaient plus le lendemain ! Des
milliers de familles avaient perdu un membre, sans
s'y attendre. Le fatal couperet prenait au hasard.
Une grande fortune ou des titres de noblesse n'étaient
pas les seuls motifs de son choix : il n'épargnait ni
l'obscurité, ni la pauvreté, ni l'humilité de la condition.

Nous pouvions donc, comme tout autre, devenir
ses victimes. Chaque matin, chaque soir, vingt fois

le jour, mon père se demandait : Sont-ils encore tous
là ? Ma femme ne serait-elle pas en prison, mon fils
à l'armée ? Et personne ne pouvait lui répondre. Et
nous, à notre tour, nous nous demandions les uns
aux autres : Notre père est-il déjà guillotiné ? Est-il
encore en prison ? Y est-il malade ? Non, on ne se
figure pas ce qu'a de triste une pareille incertitude.
Nous n'en dormions plus, nous en perdions l'appétit.
Très souvent encore on allait au chef-lieu ; mais le
geôlier ne répondait pas, ou nous disait que notre
père était *rogné,* ou trouvait quelque autre moyen
de nous jeter dans l'angoisse. Il n'était point ainsi à
l'égard des autres prisonniers ; et la raison de cette
différence, je la sus plus tard : c'est que mon père
ne lui avait pas glissé d'argent dans la main, au moment de son entrée en prison. O incorruptible justice
des révolutions !

Un jour, un de nos voisins nous apporta, de la
part d'un inconnu, une feuille du *Moniteur.* On sait
que ce journal insérait chaque jour les noms des
victimes, des soixante victimes qui formaient, pour
Paris seulement, la fournée quotidienne : nous y lûmes
le nom de Charrue. A ce mot, ma mère fut prise
d'un tremblement si fort qu'elle tomba à la renverse
et demeura toute la journée dans un état d'agitation
impossible à décrire. Notre douleur était au comble.
Ce n'était pourtant qu'une coïncidence de noms : un
prêtre qui vint passer la nuit chez nous, nous rassura,

en nous faisant voir que le Charrue, guillotiné à Paris, était d'un autre département. Seulement, il nous apprit que mon père était malade : il le tenait d'un prisonnier qu'on venait d'élargir. Il nous dit tout ce qu'il savait ; mais on sent qu'en nous tirant d'une inquiétude, il nous jetait dans une autre. Notre père ne sachant pas écrire, il n'y avait pas à attendre de ses nouvelles directes. Nous apprenions qu'il existait encore : mais pour combien de temps? Le mal n'était-il pas beaucoup plus grave qu'on ne nous le disait? Et lequel valait mieux de mourir sur l'échafaud, ou de périr de consomption, de faim, de tristesse, au fond d'un cachot?

Comme j'étais à peu près guéri, il fut décidé que j'irais au chef-lieu du département, et qu'à tout prix, je verrais mon père. Nous recueillîmes tout ce que nous pûmes d'argent : mes sœurs vendirent leurs boucles d'oreilles, et leurs autres petits joujoux : le tout forma une somme de *douze livres dix sous,* pour parler le langage du temps ; et je partis, muni de ce riche capital, dans l'espoir d'acheter au moins la permission d'embrasser, au nom de sa famille, le pauvre prisonnier.

En arrivant au chef-lieu, je me hâtai de me présenter à je ne sais quel commissaire qu'on m'indiqua, pour lui exposer le but de mon voyage, et le supplier de m'accorder la permission de voir mon père. La première chose qu'il me dit, avant de me répondre, fut que mon ordre de départ était parti le matin, et que j'avais, moi Mathieu Charrue, à me rendre dans le délai de trois jours à..., pour y recevoir ma feuille de route.

Je ne saurais dire au juste quel fut le sentiment que cette nouvelle excita en moi. Depuis longtemps je m'attendais à être soldat, et dans les rêves que je faisais au coin du feu ou sur mon lit, je m'étais déjà figuré toutes les chances que cette carrière pouvait m'offrir, d'après ce que la renommée nous rapportait chaque jour des événements de la guerre. Je puis donc dire qu'il n'y avait rien de surprenant pour moi dans ce que je venais d'apprendre. Aussi n'en parus-je point attristé. — Il faut partir, me dit le commissaire d'une voix rude. — On partira. Mais, citoyen commissaire, est-ce que je ne pourrais pas voir mon père? — Tu verras ton père.

La joie que cette parole me causa fut si vive que j'eus peine à ne pas sauter au cou de cet homme, dont le geste et le ton m'avaient d'ailleurs si fort déplu. J'oubliai immédiatement la guerre et ses suites, pour ne plus songer qu'à la satisfaction de revoir un père chéri. Le commissaire me donna un billet, et je volai à la prison. Le geôlier fit quelque difficulté de m'introduire, malgré mon *permis d'entrer :* il céda, à la fin. Dieu! quel spectacle! mon pauvre père était couché sur un mauvais lit de camp; sa barbe était longue et sale, sa figure décharnée;

il avait horriblement vieilli. Je me jetai dans ses
bras avec un transport que je ne saurais rendre : Ah !
mon père ! mon bon père !

Il ne me reconnut guère qu'au son de ma voix.
L'unique fenêtre de la prison ne donnait qu'un faible jour ; et puis la captivité avait comme ébranlé ce
tempérament si vigoureux. Quand il fut assuré qu'il
tenait son fils entre ses bras, il m'étreignit avec
une force qui m'exprimait d'une manière muette,
mais bien sensible, les sentiments qui oppressaient
son cœur. Je pleurais, lui souriait : l'injustice des
hommes et trois mois d'une dure prison n'avaient
point altéré l'admirable sérénité de son âme. Il me
parla sans aigreur : il ne se plaignit point, et parut ne
s'inquiéter que du sort de sa femme et de ses enfants.
On devine avec quelle avidité il écouta ce que j'avais
à lui en dire. — Pauvre femme ! dit-il à la fin,
pauvres enfants ! que le Seigneur vous tienne sous
sa garde ! Je le prends à témoin que si je désire
sortir d'ici, c'est uniquement pour vous : car, pour
moi, je suis bien partout où Dieu me veut.

J'ai réfléchi bien des fois sur cette circonstance
de ma vie, et jamais je n'ai pu le faire sans attendrissement. Aujourd'hui encore, je sens mon cœur
ému, quand je me rappelle ce vénérable vieillard,
au moment où il m'exprimait avec tant de calme sa
généreuse résignation. Ah ! il n'y a que les âmes
fortes qui sachent ainsi dominer les événements de

la vie et accepter sans amertume les coups de la malice des hommes. Et même, je le dirai franchement, ce n'est guère que dans la classe à laquelle j'ai l'honneur d'appartenir, que se trouvent encore les âmes de cette trempe. La vie sobre et austère du laboureur peut seule imprimer au caractère de l'homme cette belle virilité qui n'exclut point la sensibilité, tout en rejetant la faiblesse. On aurait beau le nier : il reste incontestable que l'éducation efféminée des classes bourgeoises produit, pour premier effet, l'abâtardissement des caractères. L'âme s'amollit nécessairement sous l'empire des sens ; or, les sens flattés, gâtés, obéis servilement, deviennent facilement des maîtres impérieux, auxquels on ne résiste plus. L'homme est ainsi bâti, qu'il ne saurait élever un des plateaux de sa double nature sans abaisser l'autre ; accorder à l'âme sans refuser au corps, et flatter celui-ci sans asservir celle-là.

Quand les premières effusions de nos cœurs furent passées, j'appris à mon père que j'avais reçu l'ordre de partir. A peine le mot fatal fut-il lâché que je m'en repentis, je l'avoue : il était à craindre que ce nouveau chagrin, s'ajoutant à tant d'autres, ne comblât la mesure de ses douleurs. Je me trompais : le noble vieillard reçut ce nouveau coup sans en être ébranlé. — Je m'y attendais, mon fils, me dit-il ; et si je suis surpris d'une chose, c'est de te voir encore ici. Que la volonté de Dieu soit faite ! Pourvu que tu n'oublies point, à travers la dissipation des camps, les principes que j'ai cherché à te donner, cela suffit: Dieu fera le reste. L'homme est partout ce qu'il veut être. Il n'est pas de position nécessairement mauvaise. Avec un peu de courage et de bonne volonté, on peut toujours s'en tirer, le cœur pur et les mains nettes. Fais ce que dois, advienne que pourra.

Il me parla longtemps sur ce ton avec un grand calme. Il s'attendrit pourtant une fois, en songeant à l'impression que cette nouvelle ferait sur ma mère. — La pauvre femme! disait-il, elle a le loisir d'apprendre que tout n'est pas douceur dans le métier de mère de famille. Les occasions ne lui manqueront pas pour dépenser ses larmes. Il lui restera encore assez d'enfants, sans doute : mais voilà ce que c'est: elle sera plus attristée de l'absence d'un, que réjouie de la présence de tous les autres. Une poule oublie tous ses poussins pour celui qu'elle a perdu.

Quand il fallut nous séparer, j'éprouvai un affreux déchirement de cœur. Je laissais mon père, sinon malade, comme on nous l'avait dit, du moins affaibli. J'allais partir moi-même, sans savoir quand je reviendrais, ni même si je reviendrais. Il me sembla que je voyais ce père chéri pour la dernière fois. Mes larmes coulèrent de nouveau, et plus abondantes. Et lui, qui ne voulait point augmenter ma faiblesse, recueillit toute sa force pour rester calme.

Il m'embrassa avec tendresse, mais sans trop grande émotion; puis se coucha paisiblement sur la paille de son lit de camp. Ce spectacle m'émut plus vivement. Je me souvins alors de mes *douze livres dix sous*, que j'avais pu soustraire à la rapacité du geôlier, et je les lui offris. — Eh! pourquoi en faire? me dit-il. J'ai du pain et de l'eau ici, et c'est tout ce qu'il me faut; surtout, ajouta-t-il, avec un sourire triste, si je dois bientôt mourir sur l'échafaud : la guillotine est économe. Non : garde-les pour ta pauvre mère : elle aura assez moyen de les employer. Retire-toi! Adieu!

Hélas! quoi qu'il fît, son cœur se serrait : il sentait que ses larmes allaient déborder. Les miennes coulaient par torrent. Je le quittai, après lui avoir pris les mains, que je portai à ma bouche, et que je mouillai de mes pleurs.

Je sortis triste et abattu. Je n'avais pas, comme lui, le courage de supporter tant de malheurs sans me plaindre. Mon Dieu! encore une fois, pardonnez-moi si je manquai à la sainte charité! Je ne sais si je maudis alors les révolutionnaires; mais ce dont je suis sûr, c'est que je blasphémai les révolutions.

XXIX.

La guerre.

Trois jours après cette émouvante entrevue, je partais pour le chef-lieu de mon département, et j'y revêtais l'habit de soldat. Je ne saurais dire combien de larmes ma famille versa quand je la quittai, ni combien j'en répandis moi-même. Mon être fut profondément remué en embrassant — peut-être aussi pour la dernière fois — cette mère si tendre et si digne, ces sœurs bienaimées, ces jeunes frères, tous ces parents, tous ces amis qui vinrent m'adresser leurs adieux. Mille liens jusque-là inaperçus se firent sentir dans mon cœur. J'étais déchiré, et, pour ainsi dire, tiraillé par ces affections diverses: j'allais comme un hébété de l'un à l'autre, sans savoir à qui je parlais, ce que je demandais, qui me répondait. Jusque-là, je l'avoue naïvement, je n'avais pas encore su combien j'étais aimé: je crus le voir alors. C'étaient bien des signes d'affection sincère, ces baisers, ces serrements de main, ces

11

étreintes; c'étaient bien des larmes d'amitié, celles
qui sillonnaient tant de joues. Oui, j'étais aimé,
même hors du cercle de ma famille: tout le village,
pour ainsi dire, s'était réuni dans notre chaumière
pour plaindre ma mère et me dire adieu. Eh bien!
il y a, même dans le malheur, une grande consolation au fond de cette pensée: l'on m'aime! J'étais
presque soulagé de le croire et de le sentir.

Plusieurs de nos connaissances m'avaient accom-
pagné à quelque distance du village: je fus obligé
de les renvoyer, car mon cœur n'y tenait plus. Quand
je fus seul, je m'arrêtai sur une petite hauteur, d'où
l'on pouvait découvrir à peu près tout notre territoire. Un autre amour se réveilla alors en moi:
celui de nos campagnes, du sol que j'avais arrosé
de mes sueurs, et qui m'avait vu naître. Nos prés,
nos champs, notre verger, c'étaient aussi comme de
bons amis que je quittais, peut-être pour toujours.
Plus d'une scène, dont ils avaient été le théâtre, se
retracèrent à ma mémoire; je m'aperçus que plusieurs d'entre eux languissaient, faute de soins;
quelques-uns mêmes n'avaient point été labourés, à
cause de l'absence de mon père, à cause de ma
maladie, et surtout par suite de la tristesse qui régnait chez nous, et qui avait comme détendu tous les
ressorts de nos volontés. Cet aspect me navra le
cœur. Je sentis mieux le vide que mon absence allait
laisser dans ma famille; je compris que ma pauvre

mère perdait en moi son meilleur appui, et qu'au
chagrin que lui causait mon départ, s'ajouteraient
encore la misère et ses suites. Oh! que cette réflexion
me fut amère! Je n'aurais pu, je crois, m'y arrêter
un peu sans que mes forces défaillissent. Je dis donc
du fond du cœur un pénible adieu à tout ce que je
laissais, à tout ce que j'avais aimé; et, demandant
au Ciel un peu de courage pour accomplir mon sacrifice, je tournai le dos à ma patrie.

La guerre! et la guerre pendant la révolution!
n'est-ce pas le tableau le plus étrange, le plus varié
qui se puisse imaginer? Je ne sais si l'histoire offrit,
et offrira jamais une page pareille à celle-là. Loin de
moi la pensée de dérouler cette sanglante et terrible
lutte du principe insurrectionnel contre les pouvoirs
réguliers. Je n'en ai ni le talent ni la volonté. Perdu
comme un atome dans ce tourbillon dévastateur,
comme une goutte dans cet océan, je pris ma part
des triomphes et des défaites qui signalèrent tour à
tour le passage de la trombe révolutionnaire; mais
je n'en devins ni meilleur ni pire. L'atmosphère de
l'impiété ne me gâta pas: je puisais dans ma foi assez
de lumières pour voir ce qu'il y avait de misérable
au fond de ces fanfaronnades d'irréligion, et assez
de force pour me garantir de la contagion du vice.
J'eus le talent de rester humble paysan sous l'habit
de soldat: ce mot dit tout. Mon éducation simple et
solide, ma régularité de mœurs, ne subirent aucune

atteinte de tant d'attaques de toute sorte. Oui, je
restai paysan, et j'en suis fier. Je n'eus point la
sotte maladresse de tant de compagnons qui, arrachés,
comme moi, aux travaux des champs, s'efforçaient
presque de faire oublier leur première condition.
J'étais glorieux de mon titre : je ne rougissais point
de l'imperfection de mon éducation, et de la pauvreté
de mes parents. Plus d'une fois, ma conduite extraordinaire, je veux dire ma régularité parmi tant de
désordres, attira l'attention de mes chefs : ils me
demandèrent qui j'étais, et je leur répondis avec un
légitime orgueil : Je suis le fils d'un pauvre laboureur. Aucun titre ne m'eût paru plus digne que
celui-là. Et ce que je pensais alors, je le pense encore
aujourd'hui. S'il est un homme au monde que je sois
tenté de renier, c'est le paysan qui rougit de l'être.

Que d'événements se passèrent dans ces années si
courtes par leur durée, et pourtant si agitées et si
pleines ! Nous avions à peine le temps de réfléchir
au mouvement rapide qui nous emportait. Les marches forcées, les privations, le froid, la chaleur, la
fatigue, les combats, la victoire, tout nous arrachait
à nous-mêmes, et entretenait en nous cette sorte de
délire qui fait seul les grandes choses. Nous volions
avec la vélocité de l'aigle d'un royaume à un autre ;
les fleuves fameux, les villes célèbres n'étaient que
des accidents sur notre chemin ; nous daignions à
peine leur donner un regard. Enfants gâtés de la

victoire, c'était nous qui étions le spectacle, et non
les merveilles devant qui nous passions : c'était nous,
soldats hâves et maigres, victimes de la faim et du
froid, c'était nous qui étions le prodige du siècle.
On se rangeait pour nous voir passer. Que de fois
j'ai vu la surprise se peindre sur les figures, à l'aspect de ces soldats demi-nus, sans capotes, sans
chaussures, entrant dans quelque cité fameuse; on
s'étonnait que les plus belles armées du monde, que
les plus grands généraux de l'Europe, eussent dû
céder à ces bandes déguenillées, à ces squelettes
rongés par la faim.

Oui, je pris ma part de cet entrain : je bus à cette
coupe enivrante de la gloire. J'étais Français de cœur
et d'âme ; et, quelque répugnance que m'inspirât le
pouvoir que je servais, j'étais fier pour ma patrie de
nos victoires sans nombre, et de la terreur qui nous
accompagnait. Il n'est pas aisé de se défendre de ces
glorieux prestiges : la victoire a un éclat qui éblouit
tous les yeux. Plus tard, j'ai maudit dans mon cœur,
et le sang que j'ai fait couler, et les ordres qui ar-
maient mon bras ; mais dans le moment je fus ivre
et fou comme tous les autres. Le combat éveillait en
moi des puissances inconnues : je ne me reconnaissais
plus dans l'espèce de délire qui m'emportait. Sans
doute, il y a là-dessous une action providentielle.
Dieu ne se nomme-t-il pas lui-même le *Dieu des
armées?* Oui, c'est lui, le vengeur terrible, le *Rava-*

geur, comme il s'appelle, c'est lui qui a institué la
guerre, comme une affreuse nécessité, comme une
saignée nécessaire au grand corps social, depuis si
longtemps malade; c'est lui qui souffle à l'âme la
plus timide et la plus faible cette vigueur de lion,
cette soif de gloire — et quelle gloire! — cet enthousiasme, enfin, qui fait du plus lâche un héros!

Souvent, depuis, en tenant le manche de ma charrue,
je me suis reporté par la pensée à ces scènes de deuil
et de triomphe. Marengo! Lodi! Arcole! le Caire!
Monthabor! les Pyramides! vous tous, noms célèbres, inscrits à jamais dans l'histoire, vous repas-
siez dans ma mémoire comme de brillants fantômes,
comme des rêves évanouis. Plus d'une fois j'ai sus-
pendu la marche de mes bœufs, et, déposant mon
fouet et croisant mes bras, je laissais mon imagination s'égarer à la suite de ces glorieux souvenirs. Je
visitais en pensée tous les coins de ces champs de
bataille, tous les théâtres de ces victoires, quelquefois si chèrement achetées; et ces images, je l'avoue,
remuaient en moi comme un feu caché sous la
cendre. J'aurais voulu voler sur les ailes des vents,
revoir encore ces lieux témoins de ma valeur, et
respirer une dernière fois, à cinquante ans de distance, les parfums qui m'avaient jadis enivré.

Puis, secouant bientôt cette stérile poussière, je
reprenais mon ouvrage. Mieux vaut encore, me di-
sais-je, la paisible obscurité du hameau que cette

bruyante et menteuse ivresse de la gloire. Si Dieu s'est quelquefois appelé le Dieu des armées, ce n'a dû être qu'à regret : tandis qu'il semble se complaire à se nommer le *Dieu de paix*. Tout bien pesé, le plus humble coup de charrue vaut mieux que le plus brillant coup d'épée : celui-là nourrit les hommes, celui-ci les tue.

XXX.

Résolution.

Je n'entrerai donc point dans le détail de mes neuf années de service militaire. Ce serait présomption, ce me semble, de la part d'un obscur laboureur, de hasarder un tableau que des plumes si habiles ont tracé, et qui demande des couleurs si variées et si vives. J'ai pourtant écrit cette page de ma vie : dans les longues soirées d'hiver, dans les jours de chômage forcé, j'ai pris souvent ma plume, et fixé, simplement et sans art, des souvenirs qui caressaient encore mon imagination, et faisaient battre mon cœur. Comme ces ébauches seraient sans objet et sans attrait pour le public, le feu en fera justice (1).

(1) Cette partie des manuscrits du bon père Charrue est aussi entre nos mains, et nous résisterons difficilement au plaisir de la communiquer au public. (A. D.)

XXXI.

Le retour.

Mon père n'était point mort, comme nous l'avions si longtemps craint. L'énergie de son tempérament résista à la prison, et la chute de Robespierre le sauva de la guillotine. J'avais emporté à l'armée ce sujet d'inquiétude, et je puis dire qu'il ne me quittait pas un instant. De temps à autre j'apprenais des nouvelles du pays, soit par lettres, soit par quelque soldat nouvellement arrivé ; mais cela ne satisfaisait pas toujours mon cœur. Je tâchais, à mon tour, de tirer ma famille d'inquiétude sur mon compte : car les soucis ne devaient pas être moindres pour elle. La rapidité des marches, l'irrégularité du service des postes, les batailles nombreuses qui se livraient, souvent le défaut de plume et de papier, étaient autant d'obstacles qui m'empêchaient de rassurer, comme je l'aurais voulu, ceux qui tremblaient pour moi.

Enfin, après neuf ans de service, j'obtins mon

congé. Je le dus à une fièvre prolongée qui me prit en Egypte, et me mit bientôt hors de service. Je le dus surtout à la bienveillante intercession d'un chirurgien-major qui m'avait distingué entre mes frères d'armes, et qui, resté, comme moi, fidèle à la religion de son enfance, avait mieux compris combien la vie des camps allait peu à mes goûts. D'ailleurs, j'étais lieutenant, et il ne manquait pas d'hommes prêts à me remplacer.

Quand je rentrai, rien n'était changé chez nous, si ce n'est qu'un de mes frères était aussi parti pour l'armée, qu'une de mes sœurs était morte, et que mes parents avaient bien vieilli. La joie que causa mon retour fut immense. Ma mère, surtout, ne se lassait pas de me voir et de m'embrasser. Mon père, toujours calme, toujours égal à lui-même, disait : Maintenant, je puis mourir, puisque mes yeux ont revu notre Mathieu. Aussi bien, mes enfants, la révolution n'est pas finie ; nous venons de voir son début, nous voyons actuellement sa marche ; ceux qui nous suivront assisteront à ses dernières catastrophes. »

Ma joie fut grande de me retrouver au milieu de nos campagnes. Je revis, avec une sorte de transport, ces vieux amis que j'avais quittés avec tant de regret : nos champs. Je les parcourus, j'étudiai leurs traits, pour ainsi dire ; je devinai du premier coup ce qu'ils avaient souffert, comme on cherche la cause de la douleur dans la physionomie d'une personne

que l'on aime. Mais je me promis de me mettre à
l'œuvre avec plus d'ardeur, de réparer les ravages
du temps et de l'absence, et je n'y manquai pas.

J'ignore quels sentiments s'attachent, dans les
autres états, aux objets ou aux instruments du travail : quel plaisir, par exemple, éprouve l'avocat au
milieu de ses papiers, ou l'artisan dans sa boutique.
Mais ce que je sais, c'est que les premiers jours que
je passai, seul, en face d'un beau soleil, dans l'air
pur des campagnes, au milieu des souvenirs de ma
jeunesse, furent pour moi un ravissement continuel.
En comparant le calme de ma vie présente avec le
tumulte de celle que je venais de quitter, j'éprouvais
la sensation de l'homme qui passe d'un état de contrainte à un état de liberté. Soleil, œil de Dieu et
flambeau de l'univers, que vous me paraissiez beau !
Forêts, montagnes, que vous me sembliez riantes,
sous votre robe de fraîche verdure ! Oisillons des
champs, que vos voix étaient douces ! Que de parfums amis, que de senteurs bien connues j'aspirais
dans les airs ! Je revoyais les mêmes arbres, les
mêmes buissons : les uns avaient grandi, les autres
dépéri. C'était le même horizon que celui qui avait
d'abord frappé mon enfance. Oui, je le répète, c'é-
tait comme un doux transport, comme un reflet de
cette joie que dut éprouver le père des hommes,
lorsqu'il jeta, pour la première fois, ses regards sur
le beau séjour que Dieu lui avait préparé.

XXXII.

Grave résolution.

Quelques années après mon retour, mon père me prit un jour à part, et me dit : Il serait bon que tu prisses femme : d'abord, parce que tes sœurs étant toutes mariées et ta mère vieillissant, il faut une femme dans le ménage ; et, ensuite, parce que c'est le seul moyen d'échapper à une nouvelle conscription.

En effet, chacun sait que, dans ces temps malheureux, le même homme pouvait être deux ou trois fois appelé par le sort. J'ai connu d'infortunés jeunes gens qui, pour s'être rachetés deux fois à des prix exorbitants, n'ont pas été dispensés de tirer une troisième, et de périr sur le champ de bataille.

La proposition de mon père ne me plut ni ne me déplut d'abord. J'étais indifférent sur le point du mariage. Je demandai du temps pour délibérer, et, après avoir pris conseil avec Dieu et avec moi-même, je me décidai à obtempérer à l'avis paternel. Le

prêtre qui dirigeait ma conscience contribua beaucoup à faire pencher la balance. C'était une vieille
habitude dans notre famille de ne rien faire d'important sans consulter le prêtre : je n'y ai point dé-
rogé. Je me suis fait un devoir de remettre aux
mains de mon confesseur toutes les affaires un peu
graves que j'ai eu à traiter, et jamais je ne m'en
suis repenti. Le prêtre a été le meilleur ami, le conseiller le plus sûr que j'aie rencontré dans mon
chemin : je n'ai fait de bien que par lui.

Mon choix, ou plutôt le choix de mon père et de
mon confesseur, fut bientôt fixé. J'aurais pu, je le
dis avec ingénuité, trouver une femme dans une
condition au-dessus de la mienne. Ce n'était pas
que je fusse riche, ni que je dusse jamais le devenir; mais j'étais laborieux et sage; jamais la voix
publique n'avait signalé chez moi le moindre écart;
de plus, je n'étais point mal fait, et mon intelligence, soit dit sans vanterie, dépassait quelque peu
le niveau commun de nos campagnes. Aussi, plusieurs démarches furent-elles faites près de mon
père, par des propriétaires aisés, par des gens
même de condition libérale, qui eussent été heureux, disaient-ils, de m'avoir pour gendre. Mon
père ne donna point dans ces idées. — Vois-tu, me
disait-il, les mariages faits dans des proportions si
inégales de condition et de fortune sont rarement
heureux. Quand Adam et Ève s'unirent, Dieu les

avait faits égaux. C'est une loi de la Providence, que chacun, en général, se tienne dans sa condition. Que gagnerais-tu à avoir une femme plus riche, ou mieux élevée que toi? Une servitude continuelle, ou une discorde sans fin. Car, ou tu céderais à ses goûts de toilette, de visites, de table, de représentation, de relations avec le monde, ou non. Dans le premier cas, tu serais un véritable esclave, obligé de faire violence à tous tes penchants, à toutes tes habitudes; dans le second cas, il faudrait continuellement lutter contre les goûts d'une personne qui serait un autre toi-même, la voir s'attrister, l'entendre se plaindre, ou au moins te reprocher de la tenir dans une contrainte éternelle. Crois-moi, mon fils, prends modestement la fille d'un laboureur; prends une égale, et non une supérieure. Tu seras plus heureux et plus tranquille.

Habitants des campagnes, cet avis, je vous le transmets. Il n'est que trop ordinaire, même parmi vous, de chercher à s'élever au-dessus de sa condition par des mariages avantageux. C'est une illusion. Le bonheur pour l'homme des champs est de trouver, quand il se marie, une femme qui sache partager ses travaux et ses goûts. Son bonheur, c'est de voir sa compagne s'adonner avec joie à ces labeurs, parfois si pénibles, mais toujours doux quand on s'y livre de cœur et d'affection; c'est de la voir braver

gaiement le soleil ou le froid, se lever matin, soigner son ménage, déployer dans l'intérieur de la
famille cette activité, ce soin des petites choses, cet
amour de l'économie, qui font le charme et la fortune du laboureur.

Le Ciel voulut que je trouvasse tout cela. Dans un
village voisin existait une jeune fille, de dix ans
moins âgée que moi, et en qui se trouvaient réunies
les qualités que l'on peut raisonnablement demander
dans une femme. Seulement elle était borgne : un
accident de jeunesse l'avait privée de l'œil gauche ;
car, comme elle piochait dans un champ de pommes
de terre, un éclat de bois lui sauta à l'œil, et le lui
creva.

Ce défaut était le seul qu'on pût lui reprocher.
Pour mon propre compte, je n'objectai point autre
chose à mon père ; et, sans faire de cette raison la
base d'un refus formel, je manifestai cependant
assez ma pensée, pour que mon père comprît que
j'aurais quelque répugnance à épouser une femme
défigurée. Là-dessus il me dit :

— Mon ami, je ne te contrarierai pas. Je serais
au désespoir de te faire prendre une femme contre
ton gré. Cependant souviens-toi que les qualités morales doivent être prises en considération beaucoup
plus qu'une beauté passagère, qui n'est, en quelque
sorte, qu'un accessoire dans une créature humaine.
Un accident — et cette jeune fille en est la preuve —

peut priver une figure de ses attraits: la vertu et les bonnes qualités ne sont point soumises à ces hasards. Malheur à l'homme qui fait reposer son affection sur d'aussi fragiles fondements que les attraits physiques! Il ne saurait se promettre un bonheur assuré.

J'objectai ensuite que rien ne me pressait de me marier, et qu'il serait toujours temps d'y songer dans quelques années. Mon père ne goûta point l'idée de ce délai. — C'est dans l'âge mûr, me dit-il, qu'il faut se marier, quand on a intention de le faire; parce que c'est l'âge de la force pour l'homme. Il y a des inconvénients à se marier vieux. D'abord on n'a plus cette sève de jeunesse, cette énergie de volonté qui rend plus faciles les charges de cet état. On a perdu l'activité: on est devenu paresseux et lourd. Ensuite on ne s'occupe plus autant, ni aussi bien, de l'éducation de ses enfants. On les perd plus facilement ou par la mollesse, ou par une humeur chagrine; on n'est plus aussi à même d'étudier et de corriger leurs défauts; on a pour eux les faiblesses des grands-pères. Cela fait que ces jeunes arbres prennent de fausses directions, faute d'une main assez souple et assez ferme pour les redresser. L'expérience prouve cela jusqu'à l'évidence.

Je cédai donc. Mon mariage fut bientôt conclu. Mon père était trop sage, et moi-même j'avais trop de raison pour me permettre cet abus si fréquent

dans nos campagnes, je veux dire les longues fré-
quentations : triste habitude qu'on ne saurait assez
déplorer ! Sous prétexte d'apprendre à connaître la
personne à laquelle on veut s'unir, on entretient
pendant des années de perfides et dangereuses liaisons, qui sont le scandale de la société et la ruine
des mœurs : car, le plus souvent, c'est le libertinage seul qui est le but de ces réunions, et un
couple de deux jeunes gens qui aient gardé jusqu'à
leur mariage une conduite pure et des mœurs irré-
prochables, est presque un phénomène au sein de
beaucoup de localités de campagne.

Mon mariage, dis-je, fut bientôt conclu. Maintenant
que quarante ans d'expérience ont parlé, je puis dire
qu'ils ont confirmé la manière de voir de mon père.
J'ai rencontré un vrai trésor dans ma chère Thérèse.
Jamais, pendant les longues années que nous avons
passées ensemble, un nuage sérieux ne s'est élevé
entre nous. Nous n'avons littéralement formé qu'un
cœur et qu'une âme ; et je pus dire aussi, comme
un grand roi, le jour où je perdais mon épouse : Voilà
le premier chagrin qu'elle m'ait causé.

Son caractère, par un hasard très heureux et fort
rare, s'accommodait parfaitement à celui de ma
mère. Il n'est besoin de dire que l'accord de deux
femmes dans un ménage est un phénomène qui ne
se rencontre guère. J'ai lu dans une *Vie de saints*, et
ce trait m'a frappé, qu'une voix du ciel révéla à un

solitaire que deux femmes, l'une épouse et l'autre belle-sœur, qui avaient vécu quinze ans sans le plus léger nuage, avaient été préférées dans le ciel à saint Macaire, un des plus illustres patriarches du désert. Et je le crois. Il y a tant de détails dans la vie des femmes ! Leurs caractères se rencontrent par tant d'endroits !

Ce n'est pas, du reste, que ma femme, née fort sensible, n'éprouvât de temps à autre quelques petits chagrins de la part de sa belle-mère ; mais elle avait le bon esprit de les dévorer en silence. Je l'ai trouvée plus d'une fois en larmes dans quelque coin de la maison ; mais c'étaient des nuages qui passaient vite ; je ne crois pas que ma mère s'en soit jamais aperçue ; car j'ai la ferme conviction qu'elle se fût fait violence pour épargner ces désagréments à sa bru.

Les premières années de notre mariage furent vraiment heureuses et tranquilles. Nous avions sans doute nos douleurs et nos peines : mais que ne peut-on point supporter à deux, quand on est sincèrement uni ? Thérèse avait le sentiment religieux à un haut degré : elle était vraiment l'enfant de la Providence, rapportant tout à Dieu, acceptant peines et plaisirs comme venant de sa main. C'étaient les temps les plus orageux de l'empire. Poussé par son insatiable ambition, Napoléon ne faisait semblant de finir une guerre que pour en recommencer une autre. La France était épuisée de soldats et d'argent. Tout homme valide étant appelé sous les drapeaux, l'agriculture manquait de bras : en sorte que les terres étaient négligées, et quelquefois même abandonnées. Un garçon de ferme était la chose la plus difficile à trouver. Nos travaux étaient donc excessifs. Je ne crois pas qu'il soit donné à un homme des champs de mieux remplir ses journées que les miennes l'étaient alors. Ma femme me secondait avec une activité et une vigueur incroyables. Que de fois je me suis senti attendri et presque ému de pitié à la voir se livrer à des travaux si peu faits pour son sexe, conduire la charrue ou la herse sous des soleils ardents, moissonner, faucher, piocher, sans que jamais elle se permit le moindre repos, avant que la besogne ne fût achevée ! Que m'importait alors sa légère difformité ? Ma Thérèse était un vrai trésor. Et le soir, quand nous rentrions, harassés de fatigue, quand je me jetais moi-même, excédé et impuissant, sur le premier siége venu ; elle, la pauvre créature, trouvait encore un reste de forces pour préparer le repas, remettre en ordre son ménage, coudre et rapiécer ; sauf à se coucher à dix heures du soir, pour se relever à trois heures du matin.

Oui, nous étions heureux. L'aisance et l'oisiveté ne nous eussent jamais procuré cette satisfaction de l'esprit et du cœur, cette paix profonde, le premier de tous les biens. Nous comprenions parfaitement que c'est en soi, et non dans les choses du dehors, qu'il faut chercher le peu de bonheur qu'il est donné de goûter ici-bas.

O femmes des campagnes, c'est de vous qu'il dépend en grande partie de créer et d'entretenir cette paix ! Ma longue expérience m'a appris que l'empire de la femme vertueuse sur l'homme est presque illimité. Si j'ai vu des ménages heureux, c'est à la femme qu'en revenait la gloire ; si j'en ai vu de malheureux, même au sein de nos campagnes, la faute en retombait presque tout entière sur la femme. Une femme nous a ouvert la porte de l'enfer ; une femme nous a ouvert la porte du ciel.

XXXIII.

Quelques chagrins.

Notre premier chagrin fut la perte de notre premier-né. La douleur de Thérèse fut profonde. Cette
fois ses larmes coulèrent en abondance, et rien ne
semblait devoir en tarir la source. Quelquefois je la
voyais quitter un moment le travail que nous fai-
sions de compagnie, et se retirer à l'écart : c'était
pour pleurer. Cet enfant avait deux ans, et annonçait une intelligence et des qualités précoces : une
fièvre cérébrale nous l'enleva en quelques instants.
La subitanéité même du coup avait encore ajouté à
sa violence : je craignis un instant que la raison
de Thérèse n'en fût ébranlée. Mais bientôt sa bonne
et forte nature reprit le dessus ; sa douleur continua,
mais calme et résignée. Son habitude de juger tout
au point de vue de la Providence ne permettait point
à un chagrin quelconque de prendre sur elle un
empire trop fort et trop continu. Et puis, il y a

dans cet air pur des champs quelque chose de fortifiant, qui rend à l'âme son énergie.

Cette mort fut bientôt suivie d'une autre : ma
mère nous quitta. Ses derniers jours furent calmes
comme sa vie. Elle reçut avec une grande édification
les derniers sacrements, et nous adressa ensuite une
courte allocution que la circonstance rendait plus
solennelle encore, et qui fit sur moi une profonde
impression. Elle nous recommanda vivement de
rester fidèles à Dieu et unis entre nous : nous assu-
rant qu'elle avait dû à cette double condition le
bonheur dont elle avait joui sur la terre. Je remar-
quai chez elle, et d'une manière frappante, quel
changement la grâce du moment peut opérer dans
une âme. Ma mère, femme assez forte d'ailleurs,
avait une peur démesurée de la mort. On ne pouvait
en parler devant elle sans lui faire froncer le sourcil ;
et elle s'effrayait au delà de toute expression de ce
redoutable passage. Eh bien ! quand l'heure arriva,
ce fut tout autre chose : elle ne parlait plus de la
mort qu'en riant ; elle la voyait venir, disait-elle,
sans la moindre crainte, et répétait avec un sourire
expressif cette parole, qu'elle avait ouï citer d'un
saint personnage : Je ne savais pas qu'il fût si doux
de mourir ! Tant il est vrai que la Providence n'abandonne jamais ses élus, et que le cœur humain est
entre les mains de Dieu !

Dès ce moment, mon père ne fit plus guère que

languir. — Elle m'attend ! disait-il quelquefois avec un sourire amer ; il ne faut pas lui manquer de parole ! — Il s'occupait de nous pourtant encore, nous donnait des avis, et dirigeait nos travaux, d'après sa vieille expérience ; quelquefois, quand le soleil était beau, il prenait son bâton, et venait nous visiter dans la campagne. A l'aspect de cette nature printanière, devant ces champs parés de verdure, en face de ces forêts au feuillage naissant, il semblait s'épanouir encore, et retrouver toutes les joies et les douces sensations de sa jeunesse. — Les villes, les monuments, les empires tombent, nous disait-il dans son langage simple et expressif ; la gloire se fane, les lauriers se flétrissent, mais la nature est toujours la même. Un instant elle semble sommeiller ; bientôt elle se réveille de son engourdissement, aussi belle, aussi fraîche que quand elle sortit, il y a six mille ans, des mains de son créateur. Nous vieillissons, elle ne vieillit pas. Regardez : voilà de jeunes feuilles qui succèdent aux vieilles..... il est temps de vous laisser ma place.

Ses sentiments religieux prirent aussi un nouveau développement, à mesure qu'il approchait du terme. Merveilleuse nature de la foi, de s'étendre quand tout se rétrécit, de s'élever quand tout s'affaisse ! Son heure favorite est celle où la vie est prête à s'éteindre ; c'est quand les bruits de la terre meurent, que sa grande voix se fortifie et se fait le mieux entendre.

Et il faut bien qu'il en soit ainsi, puisqu'elle se réveille même chez celui qui croyait ne l'avoir plus, et que pas un impie ne descend dans la tombe, sans qu'un reflet de ses premières croyances ne passe devant ses yeux, comme un éclair. — J'y vois! j'y vois! nous disait quelquefois notre vénérable vieillard, comme saisi d'une inspiration prophétique. Mon enfant, pourquoi dit-on que chez le vieillard la vue s'affaiblit? Ah! si tu savais comme on voit clair à quatre-vingts ans!

Un dimanche après les vêpres, comme nous étions tous assis devant notre porte, recueillant les derniers rayons d'un magnifique soleil, la rumeur vint nous apporter la nouvelle d'une grande victoire remportée en Espagne par l'armée française. Le bon vieillard se mit à secouer la tête, et, comme un voisin lui demandait pourquoi il ne se réjouissait pas de ce fleuron ajouté à la couronne de notre patrie : La patrie, nous dit-il, est une sotte qui se ruine en dentelles et en bijoux, pendant que son ménage est à l'abandon. Ces victoires-là sont comme mon procès : je l'ai gagné, mais il m'a appauvri. Encore quelques douzaines de triomphes comme celui-là — et notre empereur ne s'en fera faute — et la France sera épuisée. Ce sont des dettes qu'elle contracte, et un jour on les lui fera rembourser.... avec les intérêts. Mes amis, en religion, il n'y a qu'un vrai système : 'aimerais bien qu'il n'y en eût qu'un en politique.

Je ne crois pas que si la France a gardé quatorze cents ans ses rois, ce soit par hasard. En tous cas, je ne vois pas où l'on peut s'arrêter, quand une fois on a mis le pied hors de la voie. Tout ceci, notez-le bien, n'est que la révolution continuée. Hélas ! quand verrez-vous la révolution finir ?

Les événements postérieurs ont dit si mon père avait raison.

— Hé ! que manque-t-il donc à notre grand empereur ? dit une des personnes qui étaient là. Je ne vois pas, père Charrue, pourquoi vous le voyez de si mauvais œil.

— Je ne lui en veux point, répondit mon père ; il accomplit son rôle de châtieur de nations, qu'il tient de la Providence. Je n'en veux point aux orages qui passent quelquefois dans nos champs ; mais à nos péchés, qui nous les attirent. Ce n'est pas aux instruments qu'il faut s'en prendre, mais à ceux qui les mettent en action. Eh bien ! ce sont nos péchés qui nous ont valu ces beaux bouleversements dont vous voyez encore les suites, et dont nos neveux sentiront les derniers résultats. En fait de religion, comme en politique, il n'y a de solide que ce que Dieu asseoit : l'homme ne sait pas bâtir. Vous voyez ce conquérant qui tient maintenant l'Europe toute tremblante devant lui ? Il n'aura point d'héritier, si tant est que son règne dure seulement autant que lui. Bah ! la gloire n'est qu'un vernis sur une statue, lequel n'empêche pas les vers de la ronger au dedans. Un bon principe avec un homme faible vaut mieux qu'un mauvais principe avec un homme fort. Attendez quelques années, et vous verrez ce qui restera de ces brillantes victoires dont vous êtes si fiers. »

En ce moment la cloche de notre village se mettait en branle pour mêler son carillon aux élans de la joie populaire.

— Ah ! la cloche ! dit-il : elle fut instituée pour être la voix de Dieu : on en a fait la voix de l'homme, et même la voix des passions. Je l'ai entendu célébrer la constitution de Louis XVI, puis la spoliation des biens du clergé, puis le serment du Jeu de Paume, puis toutes les orgies révolutionnaires, jusqu'au jour où on la descendit elle-même, pour la fondre en gros sous ou en canons. Juste punition ! Un jour viendra où elle chantera la chute de celui qu'elle préconise aujourd'hui. Un jour viendra — puisse ma prédiction être démentie ! — où elle sonnera l'agonie de la société, qui se sera suicidée, en bannissant l'esprit de Dieu de son sein. »

Je serais long si je voulais rapporter ici tout ce que mon vénérable père nous dit de vrai et de solide sur mille sujets différents. Il semblait avoir emprunté au voisinage de la mort une lucidité d'intelligence et une propriété d'expressions, bien remarquables dans un paysan sans lettres. Je mentionnerai pourtant encore une pensée qui m'a surtout frappé

par sa justesse , et qui n'a pas peu servi à me maintenir dans la pratique des devoirs religieux : Mathieu,
me disait-il un jour, souviens-toi que dans le nombre infini d'hommes qui sont morts chrétiens, on ne
dit pas qu'un seul ait jamais exprimé le regret
d'avoir pratiqué la foi ; tandis que la plus grande
partie de ceux qui ont mal vécu en manifestent du
repentir à l'heure de la mort. Cette différence-là est
décisive.

La considération dont mon père avait joui pendant toute sa vie semblait encore augmenter à mesure
qu'il vieillissait. Il avait eu le rare bonheur de vivre
en paix avec tout le monde. — J'ai eu des persécu-
teurs, nous disait-il souvent, je n'ai jamais eu
d'ennemis. — L'homme même qui l'avait si fort mal-
traité pendant la révolution, éprouva la vérité de
cette parole. Il s'était enrichi par l'achat de biens
nationaux ; mais cette fortune dura peu. Sa propre
inconduite, celle de ses enfants, l'eurent bientôt ré-
duit à une extrême misère, jusque-là qu'il dut se
résoudre à aller mendier son pain. Eh bien ! mon
père fut des premiers à l'aider, à lui tendre la main
dans sa détresse. Souvent même il se cachait de nous
pour donner à ce malheureux de l'argent, du linge,
des aliments. Ce fut lui qui l'accueillit, lorsqu'un
mal hideux le réduisait à l'extrémité ; et le révolutionnaire ardent qui avait *déniché* les saints, profané
l'église, aujourd'hui abandonné de tous, de ceux

même qui l'avaient flatté dans ses jours d'abondance, dut à celui qu'il avait fait emprisonner et dont il demandait la tête, de mourir sous un toit, entouré de soins amis, et muni des consolations de cette même religion qu'il avait blasphémée pendant sa vie. Voilà comment se venge le vrai chrétien.

Chaque soir, nous voyions venir quelques habitants du village, empressés de recueillir les bons avis, les prédictions, et parfois même les reproches que notre bon père ne ménageait à personne. On se souvenait des tristes pressentiments qu'il avait manifestés autrefois, et de l'exactitude avec laquelle la plupart d'entre eux s'étaient réalisés : on l'eût volontiers pris pour un prophète. On doit reconnaître que sa parole ne fut pas stérile : beaucoup de ses avis profitèrent ; les sentiments religieux se réveillèrent chez plus d'un ; et aujourd'hui, quarante ans après sa mort, son nom est encore vénéré. En lui se vérifie la parole du Roi-prophète : *La mémoire du juste sera éternelle.*

La fin de notre saint vieillard était bien proche, et nous aimions à la croire encore éloignée. Son tempérament était toujours sain ; aucun malaise ne l'affectait ; il avait même gardé l'usage de ses sens et la fraîcheur de sa mémoire. Mais tout cela n'était qu'une sorte de déception, qui nous ménageait une cruelle surprise : un matin nous le trouvâmes mort dans son lit. Il avait encore entendu la messe et communié la veille :

le lendemain, il n'était plus. Dieu lui avait épargné les peines de l'agonie.

On regarde ordinairement la mort subite comme une grande punition de Dieu : on a raison, s'il s'agit de ceux qui ont vécu dans le péché, et ne se sont nullement mis en peine de se préparer à la mort. Mais il me semble que c'est une récompense pour l'homme juste, dont la vie tout entière n'est qu'une préparation à l'éternité. Or, mon père était de ce nombre. Il aurait pu dire, comme ce pieux solitaire qu'un médecin engageait à se disposer à la mort : Il y a soixante ans que je ne fais que cela.

XXXIV.

La discorde.

Notre fortune était petite : nous la divisâmes. Ici se fit voir le mal si fréquent que l'intérêt produit : la discorde. Presque jamais on ne traite d'intérêts matériels, sans que les liens d'amitié s'ébranlent. Telles et telles affections ont tenu bon contre les plus rudes assauts, contre la perfidie des langues, contre les imprudences des indiscrets, contre les intrigues des brouillons, contre les épreuves de l'adversité, lesquelles se brisent contre l'écueil de l'intérêt. J'avais vu cent fois les familles les plus unies se diviser à l'occasion d'un partage, et souvent pour l'objet le plus minime. J'en avais souri de pitié, et je me disais : les enfants du père Charrue ne donneront pas dans ce grossier panneau. Pourtant ils y donnèrent. On se brouilla chez nous. Je ne sais d'où cela vint, d'un beau-frère, je crois : car il faut ajouter, pour être juste, que le brandon de discorde est, en général, allumé par un membre étranger à la famille. La chose était de peu d'importance : il s'agissait d'un meuble. On lâcha un mot aigre, qui fut suivi de bien d'autres ; puis la querelle s'échauffant, on en vint aux invectives. Alors ceux qui étaient les moins contents des lots que le sort leur avait assignés, et qu'on avait rendu le plus égaux possible, crièrent bien haut qu'ils étaient lésés. On en vint à des menaces de procès.

Quel rôle je jouai là-dedans, la vérité beaucoup plus que l'amour-propre me force à le dire. Je cherchai à étouffer, dès l'abord, une querelle dont je prévoyais les suites. J'opinai pour que le meuble en question fût donné à la plus jeune de mes sœurs, la dernière et la plus pauvrement mariée. L'aînée le réclama, en vertu de son droit d'aînesse. Son mari l'appuya. Les autres demandèrent s'ils étaient moins légitimes que l'aînée et la cadette. La mêlée devint générale. Ma femme elle-même s'en mêla, et ce fut un crève-cœur pour moi. Mais elle était femme et bru : double raison pour ne pas brider sa langue. Je déclarai qu'en qualité de son administrateur légal, je renonçais à toute prétention de sa part et de la mienne sur ledit meuble : cela ne la fit pas taire. Le dirai-je? on en vint aux mains. Deux gendres s'assénèrent un ou deux coups de poing ; deux belles-sœurs se décoiffèrent mutuellement. Ah! si le bon vieillard dont on se partageait les dépouilles

eût été présent, quel n'eût pas été son étonnement,
et surtout son chagrin !

Toutefois cette division n'eut pas de suites. On
profita des premières occasions pour se rapprocher.
Je m'y employai de tout mon pouvoir, et tous,
excepté un de nos beaux-frères, se rendirent à mes
conseils. Je ne pourrais cependant dire que l'union
ait été aussi intime après qu'auparavant. Il est des
blessures qui ne se guérissent jamais entièrement.
J'eus beaucoup de peine, surtout dans les commen-
cements, à empêcher des procès. Des procès ! nous
pouvions tous être ruinés par cette voie. Un procès
ou deux eussent suffi à absorber tout ce que le vénérable père Charrue avait mis tant de soins à
amasser.

O discorde ! funeste discorde ! pourquoi ne res-
pectes-tu pas au moins les campagnes ? Va-t'en chez
les grands, chez les orgueilleux du siècle, et souffle-
là tes fureurs. Mais au pauvre paysan qui arrose la
terre de ses sueurs et n'obtient qu'à grand'peine
un pain dur et amer, oh ! laisse, laisse-lui du moins
la paix de l'âme et le calme du foyer !

XXXV.

Double leçon.

Notre vie fut assez paisible pendant les quatre ou cinq années qui suivirent la mort de mon père. Mais les troubles publics se substituaient aux inquiétudes privées. La ruine du grand conquérant commençait : et d'abord cette déplorable expédition de Russie, désastre sans exemple dans l'histoire ; puis la double invasion, et la double chute du géant impérial. La prophétie de mon père se réalisait : le Nabuchodonosor moderne devait mourir sans postérité. Ces événements furent une grande leçon de la Providence. Pour les yeux vulgaires, ce n'était qu'un jeu du hasard et des circonstances ; pour l'observateur religieux, c'était une punition exemplaire de deux attentats commis contre la double autorité spirituelle et temporelle du pape et des rois.

Je me souviens d'avoir entendu les esprits forts du temps rire beaucoup *des foudres spirituelles du Vatican,* à propos de l'excommunication dont Pie VII

avait frappé Napoléon. Les disciples de Voltaire esti-
maient que tous les *canons* du pape ne valaient pas
une des *pièces de quatre* de leur idole. Pourtant les
canons du Vatican démontèrent toute l'artillerie de
l'empereur des Français. Ce fut du jour où la voix
d'un vieux Pontife gronda sur sa tête, que la puissance du moderne César commença à s'affaiblir. Dès
ce moment, son existence ne fut plus qu'une chute
rapide. Il avait dit dans son orgueil : « Le pape
croit-il que ses anathèmes feront tomber les armes
des mains de mes soldats ? » Le froid se chargea de
la commission. En voyant des infortunés, gelés sur
pieds, jeter des armes dont ils ne pouvaient plus soutenir le poids, quelqu'un dut se souvenir de la parole audacieuse de l'imprudent qui les avait conduits
dans ces déserts de glace. Permis à l'incrédule de
ne voir là-dedans que des effets humains ; nous, chrétiens, nous y vîmes des signes manifestes de la
vengeance divine, et la prison de Sainte-Hélène nous
rappela la captivité de Fontainebleau. Aujourd'hui
la papauté est, comme toujours, assise sur son trône,
et entourée du respect du monde catholique : mais
où est Napoléon et sa gloire ?

L'autre côté de la leçon divine fut à l'endroit de
la royauté. C'est une vieille idée qui me vient de
mon père : que chaque nation, comme chaque
homme, a reçu de la Providence un tempérament
particulier. Je ne condamne aucune forme politique ;

je crois même que toutes peuvent être avantageusement appliquées, de même que la santé peut se rencontrer avec toute espèce de tempérament. L'expérience doit seule servir de guide. La raison démontre
pourtant que la royauté, ou le pouvoir d'un seul, est
la plus parfaite des formes de gouvernement, puisque
c'est celle du Ciel, de l'Eglise et de la famille : les
trois plus belles choses qui existent, personne n'en
peut disconvenir. L'absurdité de la doctrine d'égalité parfaite m'étant d'ailleurs démontrée, et le principe républicain en ayant fait sa base, il en résulte
une nouvelle preuve pour moi de l'imperfection de
cette forme d'état social. Mais, laissant de côté toute
question spéculative, je dis qu'en fait la monarchie
est la forme gouvernementale que l'expérience a démontré convenir à la France ; puisque pendant
quatorze siècles la France lui a dû la prospérité, le
calme, la puissance et tous les genres de gloire qu'une
nation peut désirer.

Et Napoléon lui-même le sentait bien ; car, dès
qu'il le put, il se posa en monarque le plus
absolu qui ait jamais existé, et, fils d'une révolution, il mit tout en œuvre pour étouffer sa mère.
Certes! on eût vainement cherché sous son règne
cette fameuse souveraineté populaire, cette prétendue
égalité, dont la démagogie avait fait son axiome fon-
damental.

Et pourtant, Bonaparte fut l'ennemi juré du

principe de la monarchie légitime, bien qu'il l'estimât et l'enviât au fond. « Si j'étais seulement mon petit-fils ! » disait-il, dans la naïveté de son insatiable orgueil. Chacun sait la démarche qu'il fit pour obtenir de Louis XVIII un acte d'abdication, et quel prix il attachait à cet acte, que le souverain légitime sut refuser avec tant de dignité. Au fond donc, M. de Buonaparte croyait à la vitalité, à la valeur de ce grand principe, puisqu'il l'enviait pour lui-même. Et cependant, il n'eut point la force de lui rendre hommage ! Il n'eut point le courage de rendre le sceptre à ses maîtres légitimes ! Un grand rôle lui était offert : un beau modèle lui était proposé dans la personne de ce général anglais (1), qui sut mettre son épée victorieuse au service de son roi (2), et replacer sur la tête du vrai possesseur la couronne qu'il avait reconquise par ses armes. Mais le fils de la Révolution était rongé d'ambition et d'orgueil : il avait puisé dans sa propre éducation républicaine et dans l'exemple des fondateurs de la liberté, cette soif de commandement, ce besoin de dominer qui les a tous caractérisés. Il avait l'ambition qui désire, le coup d'œil qui juge, la force qui exécute : il n'avait pas la vertu qui modère, et place le devoir avant tout.

Irrité donc contre cette force morale qu'on

(1) Monck.
(2) Charles II.

appelle un principe, jaloux de cette légitimité qu'il ne pouvait posséder, il s'en prit à elle de toute la vivacité et de toute la persévérance d'un orgueil blessé. Il la combattit, parce qu'il ne pouvait ni l'usurper, ni faire taire sa voix accusatrice. Tout en songeant à fonder une dynastie, il travailla à renverser celles qui avaient pour elles le double prestige de l'ancienneté et du droit. Le comble de la fortune eût été, pour lui, d'anéantir toutes les vieilles royautés, et de leur substituer des dynasties de son choix. Il poursuivait surtout cette maison de Bourbon, l'aînée en âge, en noblesse, en vertus, de toutes les dynasties européennes. Non content d'usurper sa place en France, il la chassa de l'Espagne et de Naples ; il essaya de greffer sur le vieux tronc un rejet de sa race. On sait à quoi ces tentatives ont abouti.

Je crois donc que la chute du colosse impérial fut une double punition de Dieu : d'abord, parce que le téméraire enfant de la Révolution avait osé porter la main sur l'Arche sainte et sur l'oint du Seigneur, en réduisant le pape à une dure captivité ; ensuite , parce qu'il avait essayé d'ébranler l'arbre antique de la royauté, non par amour de la liberté, dont il était lui-même le plus grand ennemi ; non par égard pour les peuples, dont il était le plus dur oppresseur ; mais par blessure d'orgueil, mais par jalousie, mais par suite de ce sentiment bas et haineux qui jure

inimitié à toute force morale qu'il ne saurait s'appro-
prier, et ne peut rien souffrir au-dessus de lui.

D'où je conclus avec le Roi-Prophète : *A moins que
le Seigneur ne bâtisse la maison, en vain travaillent
ceux qui l'édifient* (1).

(1) Ps. 126.

XXXVI.

Des méthodes d'agriculture.

Il y eut un grand mouvement en faveur de l'agriculture sous les premières années de la restauration ;
ou, pour mieux dire, le règne entier des deux princes
Louis XVIII et Charles X fut une ère de prospérité
pour les campagnes, surtout si on compare ce temps
aux vingt-cinq années qui avaient précédé. La terre,
jusque-là négligée faute de bras, reprit soudain faveur, et vit hausser son prix. L'avenir paraissant s'an-
noncer sous les plus heureux auspices, chacun cher-
cha à asseoir sa fortune sur la propriété. La crainte
de voir les détenteurs des biens nationaux obligés de
s'en dessaisir, avait bien un instant jeté l'incertitude
dans les esprits ; mais bientôt cet obstacle disparut,
et la mesure qui, en indemnisant les émigrés, assura
la possession de leurs immeubles entre les mains
des propriétaires actuels, fut tout à la fois un acte
de grande équité et de bonne politique. Les clameurs
des prétendus libéraux contre la loi du *milliard des*

émigrés ont pu la rendre impopulaire, mais n'en ont point démontré l'injustice ; et le faux jour sous lequel elle a été présentée n'enlèvera point au grand ministre qui l'a fait passer, l'honneur d'avoir réparé une immense iniquité, sans augmenter les impôts d'un centime.

J'avais vu la spoliation ; j'applaudis à la réparation. Ce chiffre d'un milliard semblait énorme : qu'était-il en comparaison du tort commis ? Chacun sait, du reste, que ce fameux milliard se réduisit, en réalité, à six cents millions payés en bons sur l'Etat. Eh bien ! c'était à peine la rente des immeubles aliénés, pour les trente et quarante années qui s'étaient écoulées depuis la spoliation. Et le plus beau côté de la question, je le répète, c'est que les impôts ne furent point augmentés : au contraire, chaque jour on les dégrevait : l'économie s'introduisait dans les finances, et nul doute que si les troubles politiques ne fussent venus à l'encontre, le fardeau du peuple n'eût été singulièrement allégé, et le gouffre de la dette publique à jamais fermé. Mais quel bien solide les révolutions laissent-elles s'accomplir ?

En attendant, l'agriculture recevait la plus heureuse impulsion. Chacun s'occupait d'elle : les philosophes descendaient dans son domaine, les savants lui consacraient leurs études, les statisticiens leurs chiffres, les académies leurs sujets de concours ; le gouvernement montrait pour elle une sollicitude

inaccoutumée, lui donnait des encouragements et
parfois des secours; des comices agricoles s'insti-
tuaient, des fermes-modèles s'élevaient de toutes
parts; les hommes les plus honorables, de hauts
dignitaires, des pairs de France et des députés, ne
dédaignaient pas de s'asseoir, dans ses conseils, à
côté du paysan et de l'honnête fermier; l'agrono-
mie devenait à la mode: les riches barons se reti-
raient dans leurs terres, entreprenaient des travaux
d'agriculture, dirigeaient leur exploitation; un beau
zèle pour la campagne saisissait ceux que la littérature, le commerce, la guerre ou la paresse, avaient
jusque-là fixés dans les villes.

Ce fut là l'époque des méthodes agronomiques. Ces
vingt années virent plus éclore de systèmes, de
phrases, de livres et de théories sur l'agriculture, que
tous les siècles précédents. Cela prouvait au moins
du zèle: on paraissait revenir à la maxime, trop ou-
bliée, d'un grand ministre : L'agriculture est la mère
nourricière de l'Etat.

Je ne discuterai point sur la valeur de ce mouvement, et sur l'influence que ces méthodes ont pu
exercer. En toutes choses il y a à prendre et à laisser.
Il n'est pas de théorie si sotte qui ne cache au fond
quelque bonne vérité. Condamner absolument toutes
ces méthodes·serait absurde; les adopter aveuglément le serait encore plus. Il n'est pas un de ces
livres peut-être, pas une de ces innovations qui n'ait

laissé quelque chose de bon en passant; et la plupart de ces expérimentations n'eussent-elles eu d'autres résultat que de confirmer par contraste les anciennes pratiques, ce serait déjà quelque chose.

En France, on ne sait pas assez se garder des extrêmes. Ce n'est pas une fois, mais vingt, que j'ai entendu crier: C'en est fait de la vieille routine. L'invention de M. N... est destinée à opérer une véritable révolution en agriculture. L'invention de M. N... est passée, et la vieille routine reste. Je ne citerai que la question des engrais, pour exemple: huit ou dix fois on nous a annoncé des engrais artificiels qui devaient remplacer et abolir à jamais le fumier naturel, et obtenir des résultats incomparables. Quelques *progressifs* ont donné dans le piége, et ont essayé de ces merveilleux produits: qu'ils nous disent ce qu'ils ont recueilli de leur expérience! L'agriculture est une science pratique: elle repose plus sur les faits que sur les théories. La terre se traite d'après sa nature, souvent variée: et, si l'on s'en rapporte à un artisan pour les choses de son métier, au tisserand, par exemple, sur la valeur du fil, au forgeron sur la qualité du fer, pourquoi ne s'en rapporterait-on pas au laboureur sur la nature et la qualité du sol qu'il cultive?

Tout, pourtant, n'est point parfait dans l'agriculture: là, comme ailleurs, il y a place au progrès. Mais ce progrès doit être lent: les méthodes demandent à être longtemps éprouvées avant d'être acceptées. Les intérêts remis à l'agriculture sont trop graves pour dépendre des caprices du hasard, ou des aventureuses données de la science. On peut risquer le progrès dans un art d'agrément ; on ne le doit pas dans un art essentiel à la vie.

Que le laboureur soit donc prudent à accepter les innovations ; mais qu'il ne soit point entêté et rétif contre le progrès réel. Je loue beaucoup dans mes confrères cette sage lenteur qui se laisse, pour ainsi dire, traîner à la remorque. C'est le caractère propre de toutes les corporations solides. Le progrès, c'est-à-dire le mouvement, est un dissolvant actif : tout ce qui se remue tant, s'use vite. Ici, comme dans la physique, la solidité est en raison directe du poids. Voyez tout ce qui vit et tout ce qui dure ; c'est certainement ce qui change le moins ; ce qui dépérit et tombe, au contraire, c'est ce qui est le plus sujet aux changements. Ne nous y trompons pas : Dieu a placé sur des bases solides tout ce qui entre plus particulièrement dans l'économie de ses plans providentiels.

Je dis cela pour répondre plus directement au reproche qu'on nous fait d'être amis des vieilles routines et ennemis du progrès. Je suis vieux : j'ai toujours, je puis le dire, devancé ma classe par l'activité de ma pensée et le genre de mes études : eh bien ! après avoir observé pendant soixante-dix ans, j'affirme qu'en agriculture comme en religion, novateur veut souvent dire hérétique. Tous ceux que j'ai vu se lancer étourdiment à la suite du prétendu progrès, ont fort mal réussi, en général : leurs méthodes et leurs inventions n'ont abouti, pour l'ordinaire, qu'à les ruiner, après avoir ruiné le sol. Ne faisons pas trop bon marché de la sagesse et des traditions de nos aïeux.

Un progrès réel et très remarquable depuis vingt ans, c'est l'emploi des prairies artificielles. On ne peut nier que l'agriculture n'ait fait, sous ce rapport, un grand pas, et un pas utile. Je dirai, sans vanité, que je désirais ce progrès, et que je fus un de ses plus ardents promoteurs dans la contrée que j'habite. Il y a même là, je l'espère, le commencement d'une ère nouvelle pour notre art si important. J'éprouve le besoin de dire quelques mots sur ce sujet, en particulier, et je prie ceux de mes confrères en agriculture sous les yeux de qui ces lignes passeront, d'en peser le sens avec mûre réflexion.

XXXVII.

Une question d'économie agricole.

Il me tomba entre les mains, il y a quelques années, une brochure dont le sujet attira mon attention. Elle traitait des prairies artificielles, de leur nature, de leur importance, de leurs rapports avec les différentes espèces de sol. Cette partie de l'agriculture ayant de tout temps occupé dans mon esprit une grande place, je dois dire que je lus cet ouvrage avec un intérêt d'autant plus vif, que le problème dont il s'occupait me paraissait plus intéressant. Bien que je n'aie nulle envie de faire un traité d'agriculture, je ne résiste pas au plaisir de citer ici quelques passages de ce livre qui m'ont le plus frappé.

Il est de la plus haute importance, ce me semble, que chaque Etat trouve dans son sein de quoi nourrir ses habitants. Chacun sait quelle difficulté c'est de se procurer des blés à l'étranger, dans les années de disette. Personne de ceux qui ont quarante ans n'a oublié cette terrible année 1816-1817, où la

misère se fit si cruellement sentir. Ce triste phénomène peut se reproduire : car Dieu, qui nous verse
avec tant de bonté ses faveurs, ne nous a point juré
de ne jamais les suspendre. Or, une des principales
causes, selon moi, de la détresse en temps de disette,
c'est précisément le rôle principal, et presque unique,
que joue le pain dans l'alimentation du peuple français. J'ai connu, dans une de ces dernières années,
où la cherté se fit quelque peu sentir (1846-1847),
j'ai connu, dis-je, de malheureux manœuvres ga-
gnant 1 fr. 50 c. par jour, à qui cette somme
suffisait à peine pour acheter les quatre ou cinq
livres de pain, qui formaient leur unique nourriture.
Il me semble qu'il y a là un abus. Il résulte, en
effet, de ce régime adopté par les classes pauvres,
que quand le pain manque, tout manque : en sorte
que le bien-être, l'existence d'une foule de personnes,
et même la paix publique, dépendent presque exclusivement d'une seule récolte : celle du blé.

En serait-il ainsi si la viande occupait une place
plus considérable dans l'alimentation populaire,
comme chez les peuples nos voisins, par exemple ?
Ce n'est pas trop, ce me semble, de deux pivots
pour soutenir le poids d'un Etat. Comme très rarement les céréales et les fourrages manquent à la fois,
vu que les années humides, en nuisant aux unes,
favorisent les autres, il en résulterait que des deux
bases de nourriture, l'une au moins nous resterait

pour empêcher de trop grands désastres. Or, cela n'est pas possible tant que la viande restera au prix où elle est : prix qui la rend généralement inaccessible à la classe pauvre. Mais ce prix ne peut pas baisser, tant que le bétail sera si rare ; ni le bétail augmenter, sans l'emploi général, et beaucoup plus général, des prairies artificielles.

Voilà ce que je songeais en 1817, et voici ce que je lisais dans mon livre :

« Partout et toujours les produits et les bénéfices de l'agriculture sont proportionnels à la quantité d'engrais, par conséquent à l'étendue des champs consacrés à nourrir du bétail, comparée à celle des champs en cultures épuisantes. Donc, il importe, vu l'état actuel des choses, de restreindre la culture des céréales, et de pratiquer sur une plus grande échelle celle des fourrages.

» Il n'y a pas trois quarts de siècle que l'Allemagne, soumise à l'assolement triennal, et n'ayant de prairies que ce qu'il en fallait pour l'entretien du bétail de somme, produisait à peine assez de seigle et d'épeautre (1) pour nourrir une population clairsemée. Schubart y introduisit la culture du trèfle ; l'illustre Thaër y importa les principes et les pratiques de l'agriculture anglaise ; et la rapidité de

(1) Espèce de blé rouge, d'une qualité très inférieure à celle du froment.

la marche des nations germaniques, dans la carrière des richesses, a quelque chose de merveilleux. A mesure qu'on semait plus d'herbe et moins de blé, on récoltait à la fois plus de viande et plus de céréales ; et, la quantité d'engrais croissant de jour en jour, on substitua le froment au seigle sur des terrains froids et sablonneux qui, naguère, pouvaient à peine produire la moins exigeante des céréales ; et la prairie artificielle, une fois semée, occupant le sol pendant plusieurs années sans exiger de façons, les frais de culture diminuaient en même temps que s'accroissaient les produits. »

Voilà de bonnes vérités, d'autant plus acceptables qu'elles sont fondées sur l'expérience, et une expérience de plus de soixante-dix ans. J'ajouterai, à la preuve citée par l'auteur, celle tirée de l'exemple de mon père et du mien. Je dis donc que si, de pauvre fermier, mon père est venu à bout de devenir un cultivateur aisé, et si moi-même j'ai pu tripler mon modique patrimoine, nous l'avons dû certainement à la pratique d'agriculture que conseille ici cet auteur. Ni mon père ni moi n'avions fait ces études savantes ; mais le bon sens est parfois un aussi bon guide que la science. Mon père avait sans cesse ce mot à la bouche : Quand le fermier peut payer son canon avec ses céréales, il doit s'estimer heureux ; mais s'il veut faire quelque profit, qu'il le demande à l'élève des bestiaux.

Notre auteur prouve sa proposition par un exemple inverse, tiré de l'Italie, et appuyé sur des preuves incontestables.

« Jusqu'au xie siècle avant l'ère chrétienne, chez toutes les nations qui habitaient la péninsule italique, les produits de l'agriculture furent d'une abondance prodigieuse. Sur le territoire romain, qui n'était pas des plus fertiles, le rendement du blé était de quinze à vingt semences pour une, c'est-à-dire de trente à quarante hectolitres par hectare. Cent ans plus tard, il n'était plus que de sept à huit, rarement de dix pour un. Cent ans plus tard encore, et pendant une longue suite de siècles, les récoltes devinrent misérables, et un rendement de quatre pour un était considéré comme remarquable.

» A quoi tient cette différence ? C'est que dans les premiers siècles il existait une prodigieuse quantité de bétail. Si, depuis, tous les produits allèrent sans cesse en diminuant jusqu'à tomber au taux de trois ou quatre pour un, c'est que la quantité du bétail fut successivement réduite dans une énorme proportion, et qu'on finit par n'avoir plus rigoureusement, pour engraisser le sol, que le fumier des bêtes de travail. Il est constaté, en effet, que dans la dernière des trois périodes, l'agriculture n'avait plus d'autre bétail que ses attelages ; et il est prouvé que dans la première, la quantité des bêtes à cornes ou à laine avait pu aller jusqu'à l'équivalent de cent

14

quatre-vingts têtes de gros bétail pour un domaine de cinq cents *jugera* (cent cinquante hectares de terre). C'était près d'une tête et quart de gros bétail par hectare. C'est précisément le point où sont parvenues les plus riches contrées de l'Angleterre et de l'Allemagne, celles où l'on récolte de trente à quarante hectolitres de blé par hectare. Au Nord et au Sud, à l'Est et à l'Ouest, la même cause amène donc le même résultat. On pourrait parcourir le globe en tous sens et l'histoire dans tous les siècles, sans trouver une seule contrée qui ait pu se soustraire à l'empire de cette loi, universelle comme la nature. »

Voilà qui est fort bien raisonné. Et c'est là-dessus, sans doute, qu'est fondé ce proverbe, que mon père répétait sans cesse, et dont il avait fait la règle de sa vie agricole : *Qui a du foin a du pain.*

Oui, *qui a du foin a du pain* : c'est-à-dire qui sème beaucoup de fourrage a beaucoup de bétail : qui a beaucoup de bétail a beaucoup d'engrais ; qui a beaucoup d'engrais recueille d'abondantes moissons, et, de plus, a de la viande à vendre au boucher. Nécessairement l'aisance doit lui venir. Aussi donné-je toute mon approbation à ce principe, que l'auteur tire comme une conclusion des faits qu'il a cités, et qui suffirait, à lui seul, à réformer, à perfectionner la plus mauvaise agriculture : *Consacrer à la culture des plantes fourragères la moitié au moins de son exploitation.*

Au moins! j'aime ce mot-là, et j'y insiste, parce
que je sais qu'il choquera bien des idées. Eh oui !
au moins! au moins la moitié de vos terres en
plantes fourragères, habitants des campagnes : par
là, soyez-en sûrs, vous augmenterez votre aisance,
et diminuerez vos maux et vos frais de culture. Je
voudrais avoir une voix de tonnerre pour crier cela
aux quatre coins de la France.

Mais, dira-t-on, il se peut que ces raisonnements
aient de la valeur pour l'Allemagne ou l'Italie : en
serait-il de même pour la France ? Autre sol, autre
méthode. A cela, voici ce que répond notre auteur :

« Vers le tiers du xvıı⁰ siècle, la France et
l'Angleterre étaient constituées, à très peu de chose
près, de la même manière. L'un et l'autre pays
avaient à peu près le quart de leur territoire couvert
de forêts et de landes ; plus d'un autre quart en
pâtis communaux ou particuliers, et en prairies naturelles. Le surplus du domaine agricole, livré à la
charrue, était occupé : un tiers par des céréales
d'hiver, un tiers par des céréales de printemps,
un tiers par la jachère. L'étendue des champs qui
produisent l'engrais était presque égale à celle de
ceux qui le consomment, c'est-à-dire il y avait presque autant de prairies et de pâturages que de terres
labourables. Sous ce régime, le même pour les deux
pays, la France, qui contient une étendue proportionnelle de bon sol plus considérable que l'An-

gleterre, obtenait en tout genre des produits plus abondants.

» A partir de cette époque, les deux pays s'engagent dans deux voies absolument contraires, et sont conduits à des résultats prodigieusement différents. Le blé étant l'article de commerce le plus important que la France pût se procurer, elle se mit à défricher les champs de pâture les moins productifs, pour les ensemencer en céréales. On y obtint, sans engrais, plusieurs belles récoltes : car nul terrain n'est plus fertile que celui qui a été longtemps gazonné. Bientôt les quatre cinquièmes, et, en certains endroits, même les sept huitièmes et les neuf dixièmes étaient en terres labourables.

» La France, qui, au milieu du xviie siècle, avait produit en froment 90 millions d'hectolitres, n'en donnait plus que 60 au milieu du xviiie siècle. Voilà où avait abouti le système qui avait sacrifié le pâturage au labourage. Les terrains défrichés, après trois ou quatre belles récoltes, se trouvaient épuisés, et ne pouvaient plus produire qu'à la condition de l'engrais et du repos de la jachère. On se trouvait donc avec un tiers de jachère de plus et deux tiers de pâturage de moins : un tiers de plus de l'espèce de terrain qui demande le plus de peine et ne donne rien, et deux tiers de moins de celui qui donne le plus de produits et le moins de frais.

» En Angleterre, on fit tout le contraire. Les quatre cinquièmes du sol furent consacrés aux plantes fourragères. Au lieu de jeter les engrais sur la sole de blé, et d'épuiser le terrain par deux récoltes successives de céréales, on posa pour principe de n'appliquer les engrais qu'à des récoltes qui les reproduisent et les multiplient, à des récoltes que le bétail consomme et qu'il restitue au sol, en les doublant. Aux masses de produits s'ajoutait la paille, dont la plus grande partie, considérée comme trop précieuse pour des litières, formait la base de la nourriture du bétail pendant l'hiver. Ainsi on put *quintupler le capital agricole vivant*, c'est-à-dire nourrir quatre fois plus de bétail. Ayant reconnu le profit qu'il y a à tuer les animaux aussitôt qu'ils ont pris leur croissance, puisqu'avec une quantité donnée de nourriture, on en entretient quatre fois plus jusqu'à l'âge de trois ans, que si on les laissait vivre jusqu'à dix ans, on s'était attaché à créer des races précoces, qu'on ne laisse vivre que jusqu'à trois ans : ce qui permettait de livrer, chaque année, le tiers du bétail existant. »

Voilà, selon moi et d'après ma propre expérience, le véritable système de l'agriculture. Hors de là, il n'y a que peine et misère. C'est de la boucherie que l'argent doit venir au laboureur, beaucoup plus que de la halle au blé. Encore une fois, qu'il paie ses rentes, ou, s'il n'est pas fermier, qu'il entretienne son train avec ses céréales ; mais qu'il ne compte garnir sa bourse qu'avec son bétail.

J'ai trouvé encore dans cet excellent livre une page des plus intéressantes pour le cultivateur, et que je ne puis m'empêcher de citer. Elle est relative à la croissance des animaux et des plantes fourragères.

« Un veau prend un accroissement plus rapide depuis le moment de sa naissance à un an, que d'un an à deux ; d'un an à deux, que de deux à trois, et ainsi en suivant. Mais, surtout, il en coûte moins de fourrage pour lui procurer un accroissement de la valeur de cinquante francs, de six mois à un an, que de un an à deux ans, et incomparablement moins que de trente mois à trois ans. Quand on a, comme en France, beaucoup de terres à cultiver, le peu de fourrage qu'on récolte suffit à peine à nourrir les animaux de travail, qui sont tous adultes, c'est-à-dire de ceux qui consomment le plus. Si, au contraire, on avait beaucoup moins de terres à labourer, et beaucoup plus de sol fourrager, on n'aurait besoin que d'un petit nombre d'animaux de travail, et on pourrait entretenir beaucoup plus d'animaux de vente. Et si on livrait, comme en Angleterre, les bœufs à la boucherie dès l'âge de deux ans et demi à trois ans ; si l'on substituait, aux animaux qui consomment beaucoup et ne croissent plus, ceux qui consomment très peu et croissent très rapidement, on voit quelle quantité plus considérable de viande, de suif, de peaux, de cornes et d'os on pourrait livrer à la consommation.

» Ainsi, en France, le bétail ne donne presque aucun revenu ; en Angleterre, il est le plus riche de tous les produits.

» Et ceci s'applique également aux bêtes à cornes. La différence n'est pas moins grande de les garder jusqu'à cinq ou six ans, ou seulement jusqu'à deux. Et, dans la race porcine, quelle différence entre une race qui s'engraisse dans la première année, et celle qui ne prend graisse que plus tard ! N'y a-t-il pas cent pour cent de bénéfice pour la fermière qui engraisse ses poulets dans les trois premiers mois, au lieu de les laisser jusqu'à six ; qui réforme ses poules pondeuses après trois ans, époque de leur plus grande fécondité, au lieu de les laisser vivre jusqu'à six ou sept ans, âge où leur fécondité, successivement diminuée, ne paie plus le quart de ce qu'elles consomment ?

» Et ce même système de précocité ou de développement rapide s'applique également aux fourrages. C'est ainsi que les Anglais, ayant reconnu que le *ray-grass* qui vient d'être tondu acquiert avec une rapidité extrême un pouce de longueur, assez rapidement encore un second pouce, et, successivement, de plus en plus lentement chaque pouce qui suivrait le troisième, ont adopté ce système, admirablement calculé, qui consiste à livrer, au printemps, leurs pâturages aux jeunes bœufs dont il s'agit d'achever l'engraissement, et à les charger ensuite de moutons de dix en dix jours, ou à peu près, tout le long de l'année, pour les raser à fond, et les laisser successivement recroître à la longueur de quelques pouces. On y nourrit ainsi deux fois plus d'animaux qu'on n'en entretiendrait avec une ou deux coupes de foin, que fourniraient les mêmes prairies traitées à la manière ordinaire.

» On objectera que le sol de la France n'est pas comme celui de l'Angleterre, qu'une atmosphère brumeuse, des pluies modérées, rendent plus propre aux plantes fourragères. Cela serait vrai si on ne pouvait nourrir qu'avec du *ray-grass* et du *turneps,* comme l'ont essayé de maladroits imitateurs. Mais si notre pays n'est pas, en général, un pays de pâturages, c'est un pays où réussissent parfaitement, selon les localités, le trèfle, le sainfoin, la luzerne, le farouch et beaucoup d'autres fourrages; où réussissent particulièrement beaucoup de plantes fourragères à développement rapide, au moyen desquelles on peut aisément entretenir, ainsi que le prouve l'expérience personnelle de l'auteur, autant de bétail qu'en entretiennent les contrées les plus fertiles de l'Angleterre (1). »

(1) M. Dezeimeris, *Vues pratiques sur les améliorations les*

Voilà des lignes qui devraient être écrites en
lettres d'or ; voilà des principes que tout laboureur
devrait savoir par cœur. Que ne les lit-on sur tous
les almanachs, ou, mieux encore, dans tous les coins
des chaumières ! Que ne sont-ils sus, compris, appli-
qués jusque dans la ferme la plus reculée ! Je donne-
rais tout au monde pour pouvoir les inculquer à mes
frères en agriculture. Certes ! je n'aurais pas pu
écrire ces pensées avec autant d'art et de clarté ;
mais je les ai, je les partage, et même je les applique depuis longtemps. Mon père et moi avons eu
la gloire de deviner, en très grande partie, les procédés dont parle notre auteur, et c'est à cela, je le
répète, que nous avons dû notre petite aisance.
Notre conduite a d'abord été universellement réprouvée ; quand on me voyait, par exemple, ensemencer une partie notable de mes terres en trèfle,
tout le monde riait de moi. Aujourd'hui, les avis ont
changé : chacun m'imite, plus ou moins ; et j'espère
bien qu'à la longue cette pratique deviendra générale. Je regrette presque d'être si vieux, parce
que je n'aurai pas le plaisir de voir la réforme complète. N'importe ! c'est une consolation pour moi,
à la veille de ma mort, d'avoir contribué, pour ma
faible part, à la propagation d'un système dont

plus faciles et les moins coûteuses à introduire dans notre
agriculture.

doivent résulter deux grands avantages : celui d'épargner bien des peines au laboureur, tout en augmentant son aisance ; et celui d'améliorer le régime du pauvre et de diminuer les famines, en jetant sur les marchés une beaucoup plus grande quantité de viande (1).

Laboureurs entre les mains de qui tomberont ces lignes, je vous prie instamment de relire ce chapitre et de n'en pas perdre un mot, un seul mot.

(1) A l'appui de ces observations, nous citerons un fait mentionné dans plusieurs journaux : c'est que, depuis que, dans certaines villes, le commerce de la boucherie s'est affranchi du monopole, c'est-à-dire depuis que la viande est à meilleur marché, on a remarqué que le nombre des entrées dans les hôpitaux a diminué. *(Note de l'Editeur.)*

XXXVIII.

Une plaie.

J'ai eu par-ci par-là des joies, j'ai eu aussi mes
tristesses. Une des plus amères fut la conduite d'un
de mes neveux, fils de ma sœur aînée. C'était un
jeune homme de grande capacité, et qui certainement, s'il eût achevé convenablement ses études, eût
pu briller dans les sciences ou dans les lettres. Son
père et sa mère moururent, presque coup sur coup,
avant qu'il eût quinze ans. Je fus naturellement
nommé son tuteur. Il avait eu le malheur d'être enfant unique, et, par conséquent, d'être gâté. J'ai toujours regardé comme une grande infortune d'être
l'objet exclusif de l'amour d'un père et d'une mère.
Il y a trop de tendresse dans l'âme de deux époux,
pour qu'un seul enfant puisse en supporter le poids:
il faut qu'il étouffe sous cet excès d'affection. Mon
neveu en fut un nouvel exemple. On avait, par une
fausse condescendance, favorisé ses défauts nais-
sants ; sa mère, femme de bon sens, mais femme et

mère après tout, avait usé à son égard d'une excessive indulgence, comme il arrive quand on n'a qu'un enfant, un enfant qu'on a longtemps attendu, et qu'on craint souverainement de perdre. Son père, homme peu capable, ne s'était occupé de lui que pour le caresser et le flatter; il manquait totalement de cette sage fermeté nécessaire pour contrebalancer l'amour, toujours un peu aveugle, d'une mère. De cette sorte, l'enfant fut entièrement laissé à ses caprices; et, persuadé dès le bas âge qu'il serait riche un jour, il s'était bercé de la pensée qu'il n'avait à faire ici-bas autre chose que de s'amuser.

Quand il eut douze ans, on songea à le mettre au collége. Ah! que d'efforts je fis pour combattre cette funeste résolution! — Nous sommes laboureurs de père en fils, répétais-je à ma sœur sur tous les tons; as-tu jamais eu lieu de te plaindre de ton sort? Quelle funeste ambition s'est emparée de toi? Espères-tu que ton fils sera plus heureux dans une autre condition? Crois-moi: laisse-le suivre en paix le sentier tracé par ses aïeux. Je te dis que c'est encore là qu'il trouvera le plus de bonheur et de paix. — Ma sœur ne m'écouta point. Un petit grain d'ambition lui était entré dans la tête: elle rêvait pour son fils quelque chose de mieux que le soc de la charrue. Son mari, qui avait aussi sa petite dose de vanité, et, du reste, esclave des goûts de sa femme, applaudissait à l'idée de donner à l'enfant une destination plus relevée. Il n'y eut raisonnements ni observations qui y fissent : l'enfant partit pour le collége.

On devine ce qu'il y devint. Convaincu qu'il aurait de quoi vivre sans rien faire, il ne songea qu'à s'amuser. Et encore s'il s'en fût tenu là ! Mais, bientôt le vice l'atteignit. Oh ! que c'est funeste chose que la vie de collége, quand les maîtres ne sont pas affermis dans l'amour et dans la pratique de la religion ! Je ne connais rien de pervertissant comme ces aggrégations de jeunes gens qui mettent tous leurs vices en commun, ne se pavanent que du mal, et ne rougissent que du bien ! Dans les fréquentes visites que je rendais à cet enfant, j'ai vu, j'ai appris de lui des choses bien humiliantes pour la raison humaine. Je n'aurais jamais cru qu'il pût y avoir, sur notre terre de France, des hommes assez pervers pour abuser de la confiance des parents, au point de corrompre, par leurs leçons et par leurs exemples, l'intelligence et le cœur de la jeunesse. Et pourtant cela est. Devant moi, simple paysan, j'ai entendu des professeurs réputés pour leurs talents tenir des conversations odieuses, et j'ai appris de science certaine que leur conduite morale répondait à leur langage. J'ai également appris, par voie sûre, et notamment de mon neveu lui-même, que la corruption était portée parmi les élèves à un degré effrayant : que les maîtres le savaient et ne s'en inquiétaient pas; et que, du reste, pour s'être avisés de faire quelques observations, ils avaient souvent entendu, de la part de leurs disciples, cette foudroyante réponse : Nous suivons vos exemples.

Habitants des campagnes, qu'il est heureux pour vous de n'avoir que bien peu de rapports avec ces sentines d'impiété et de corruption ! Je vou sen félicite. Il ne faudrait pas beaucoup de jeunes gens élevés dans ces écoles pestilentielles, pour gâter entièrement vos villages et vos hameaux. Au nom du Ciel, gardez-vous de la funeste tentation d'envoyer vos enfants dans ces officines de l'incrédulité et du libertinage. Ah ! mieux vaut cent fois ne rien savoir, passer toute sa vie dans l'humble obscurité d'un village, que d'acheter un peu de science au prix de son innocence et de sa foi ! Faites de vos enfants des laboureurs, consentez à les voir ignorants et rustres, plutôt qu'à les voir parader sous les faux airs d'une science orgueilleuse, qui ne sert ordinairement que de livrée à la corruption.

J'avais, dès ma première visite à mon neveu le collégien, pressenti l'abîme où il allait descendre ; j'en avertis ses parents, qui ne me crurent pas ou ne me crurent qu'à demi. Aussi, dès qu'ils furent morts, n'eus-je rien de plus pressé que de retirer le jeune homme de la fournaise. Mais, hélas ! il était trop tard. Le mal avait fait de tels progrès qu'il n'était plus possible d'y remédier. Se figure-t-on tous les vices d'une éducation publique entés sur tous

ceux d'une éducation privée? Se figure-t-on un enfant déjà gâté par ses parents, et corrompu ensuite
par ses condisciples et par ses maîtres? Eh bien!
c'était mon neveu. Inutilement essayai-je de le re-
tremper dans l'air pur des champs; ses poumons
viciés ne s'en accommodaient plus. Ses anciens amu-
sements, ses premières connaissances, ses amis, ses
parents, les lieux témoins de son enfance, tout lui
inspirait du dégoût ; son cœur et son esprit blasés
rêvaient d'autres jouissances. Son âme, fière et dé-
daigneuse — le dédain caractérise tous les hommes
corrompus — ne prenait qu'en pitié notre vie simple,
nos mœurs antiques, notre langage peu cultivé : le
mot de paysan était devenu dans sa bouche, surtout
par le ton qui l'accompagnait, la plus haute expression de l'ironie et du mépris.

Ce qu'il devint, je n'ose le dire. C'est un besoin
pour moi de taire la fin misérable d'une vie plus misérable. Puisse le Seigneur lui avoir pardonné ses
fautes, comme je lui ai pardonné moi-même sa conduite insolente et grossière à mon égard! Toutefois,
il eut un aide, et même deux aides, pour l'accompagner dans la voie du vice. Peut-être, sans ces deux
pestes, l'aurais-je arraché, Dieu aidant, au mal qui le
dévorait. Ces deux aides, quels furent-ils? Un cabaret
et un esprit fort. J'en dirai deux mots.

XXXIX.

Le cabaret.

Je ne sais pourquoi ce mot me fait mal, ou plutôt je le sais trop bien. Le cabaret est la plaie du village. Je ne voudrais rien exagérer ; mais pourtant je tiens à dire la vérité. Eh bien ! mes quatre-vingts ans d'expérience m'amènent à cette conclusion : Tant que le cabaret n'exista pas au village, la foi et les mœurs s'y conservèrent ; depuis que le cabaret y a planté son enseigne, la religion et les mœurs s'y sont affaiblies ou en ont disparu.

Dans le temps de mon enfance, on ne savait ce que c'était que le cabaret. Dans les bourgades placées sur les routes, il se trouvait ordinairement une auberge. C'était là que les voyageurs allaient demander l'hospitalité ; et si, par hasard, l'auberge n'existait pas, le maire de la localité était tenu, par l'usage, de fournir le gîte, moyennant paiement, s'il ne le voulait faire gratis.

Mais la révolution vint ; et, comme son but était

de renverser le vieux monde, pour en refaire un autre; surtout, comme elle avait éveillé dans le peuple une grande soif de jouissances matérielles, elle dut naturellement offrir à la génération qu'elle avait formée ou dépravée, le moyen de prendre sa part dans les plaisirs d'ici-bas. Ce fut ainsi qu'elle inventa le café, le cabaret, la guinguette, le billard, l'estaminet, et toutes les variétés du genre et de l'espèce. Le progrès ne fut pas subit. Les villes commencèrent: on vit s'y multiplier ces repaires de l'oisiveté et de la débauche. Ainsi, pour donner un exemple, la ville capitale de ma province, dont la population atteint quarante mille âmes, possédait, avant la révolution, quatre modestes cafés, habituellement déserts; aujourd'hui elle en compte trois cents. Excusez du peu!

Puis, les bourgades suivirent l'exemple. Je me souviens que celle qui est le chef-lieu de mon canton vit, pour la première fois, en 1840, apparaître le glorieux bouchon. Le propriétaire se hasarda, en 1842, à y installer un billard. Il s'y ruina: c'est l'usage; mais, auparavant, il en avait ruiné bien d'autres. Les bourgeois se prirent d'abord à cette glu; et c'était grand hasard si quelque paysan y mettait les pieds, entraîné par le besoin de conclure un marché ou de boire les pots-de-vin. Puis, peu à peu, les jeunes gens y prirent goût: on partait du village, le dimanche au soir, pour aller *pousser une queue* au chef-lieu de canton,

Insensiblement, cela devint une habitude, et presque un besoin; et, quinze ans après, à l'occasion de la *glorieuse* de Juillet, surtout, la plupart des villages furent dotés de cette précieuse institution. Plus d'un obscur hameau eut son café, à large enseigne, au centre même de sa population, et, pour l'ordinaire, en face de l'église. Rien de si commode, du reste; les habitants des maisons éloignées viennent là boire le petit verre, en attendant la messe, et l'y entendent même, quand cela leur convient; ceux de l'endroit vont y chercher un refuge contre le sermon de leur curé, ou contre la longueur de l'office. Quant aux vêpres, c'est là qu'on les chante, et elles y sont toujours plus longues qu'à l'église. La nuit vient, on est encore au cabaret; s'il n'y a pas de police dans l'endroit, on y chante les matines jusqu'au point du jour; s'il y a une apparence de police, on déguerpit, mais le plus tard possible, en chantant et en chancelant. Un homme est-il contrarié par sa femme, un fils par son père? Ils vont au cabaret se consoler. Un voisin vend-il à son voisin une quarte de pommes de terre, ou un petit cochon? Ils sont au cabaret avant le marché, pour le marché, pendant le marché, et longtemps après le marché. Et ainsi du reste.

Or, il est impossible de calculer les maux qui résultent de cette funeste habitude. Un cabaret, c'est le chancre qui épuise toute une localité. Dès qu'un cabaret a pris place au milieu d'une population rurale, il faut presque désespérer de voir la foi et les mœurs s'y conserver. C'est par là surtout que s'écouleront les sueurs des pauvres pères et mères de famille; ce vampire sucera tout. Le jeune homme qui a une fois pris goût au cabaret, est comme irrésistiblement entraîné à sa perte. Dépourvu de l'argent nécessaire pour suffire aux dépenses qu'il est forcé d'y faire, il dérobe à la famille tout ce qu'il peut: blé, avoine, denrées de toute sorte; car tout est bon à un cabaretier. Le père de famille va là engloutir la substance de sa famille; l'ouvrier y va perdre son temps, son argent et ses pratiques; l'oisif en fait son quartier-général. C'est de là que partent les divisions entre amis, les rixes entre partis, les procès entre voisins, les discordes entre parents. Du cabaret datent le malaise général de la contrée, les dettes, les emprunts onéreux. C'est la plaie toujours ouverte qui épuise les forces et la vie. Par le cabaret, l'ivrognerie, ce vice hideux, bestial, s'établit dans une commune. Du cabaret sortent les diffamations, les quolibets obscènes, les vaines rumeurs, les soupçons hasardés, les médisances et les calomnies. C'est le grand atelier de l'impiété et de l'immoralité. N'attendez plus rien de l'homme qui a pris goût au cabaret. C'est au cabaret que se forment ces ligues contre le prêtre, et la doctrine qu'il représente; c'est le point de départ de l'opposition misérable, tracassière, qui rend souvent si stérile le ministère évangélique. C'est au cabaret que se nourrit, que se développe cet esprit de révolution et d'émeute qui est, hélas! une des plus grandes plaies de notre siècle. Les trois cent quarante mille cabarets dont la France est grevée — j'éprouve un sentiment d'horreur à donner ce chiffre trop certain — sont les officines de cet odieux socialisme, qui menace les fondements mêmes de la société. C'est par ces étapes que voyage l'esprit impie et révolutionnaire ; c'est là qu'il donne son mot d'ordre ; c'est là qu'il réunit ses adeptes et recrute ses manœuvres. Fermez ces trois cent quarante mille bouches empestées, et l'air se purifiera, l'esprit public se raffermira, et vous pourrez encore espérer pour la France des jours de paix et de bonheur.

Je constate, à ma grande douleur, que j'ai vu dépérir nos campagnes, depuis l'établissement de ces lieux de débauche. Une véritable détresse pèse actuellement sur elles : j'affirme que la principale cause en est là. Je pourrais nommer bien des familles dont les maux n'ont pas d'autre origine. Que de cultivateurs ruinés m'ont avoué, en rougissant, que, du jour où ils avaient posé le pied dans ces antres funestes, leur malheur avait été décidé! Que de pauvres mères de famille m'ont dit, les yeux en pleurs, que tout le fruit de leurs sueurs, que tout leur patrimoine, s'était fondu là, par l'inconduite de leurs époux et de leurs fils!

Quand je compare l'état actuel de nos campagnes, sous le point de vue de la religion, de la morale, de la paix publique et de l'aisance, à ce qu'il était dans ma première enfance, je ne puis m'empêcher de maudire les exécrables causes d'une décadence si visible. Ma haine se tourne alors instinctivement contre ces repaires de l'oisiveté, de l'impiété et de l'ivrognerie ; et je voudrais écrire sur leur enseigne en lettres capitales :

EMPOISONNEUR PUBLIC !

Ce fut là que mon infortuné pupille trouva le moyen de développer le germe funeste qu'il avait puisé ailleurs. Le cabaret acheva l'œuvre du collége : la fin était digne du commencement. A dix-huit ou dix-neuf ans, ce jeune homme mourait épuisé par l'ivrognerie et la débauche. Merci, instituteurs coupables, qui avez infiltré la notion du vice à cette jeune âme ! Merci, déplorable gargottier, qui as consommé sa ruine ! Qu'au jour du dernier jugement sa voix s'élève pour vous maudire !

bonne voie. — Mathieu, me répétait-il, nous pourrons faire une alliance plus tard. — Mais, au bout
de huit ans de collège, de milice et de voyages, Dominique s'en revint un jour, le bonnet sur l'oreille,
la canne à la main et la pipe à la bouche : il était
devenu esprit-fort ; il ne parlait plus que de *M. de
Voltaire*. M. de Voltaire était pourtant bien oublié
sous l'Empire : mais le sergent-major Langeron
avait eu un capitaine qui lui avait communiqué
quelques volumes déparcillés du grand philosophe,
et lui avait révélé sa gloire (1). Et même le sergent
Langeron, se trouvant en Hollande, acheta d'un
bouquiniste de ce pays environ vingt volumes des
OEuvres complètes de l'homme de Ferney, lesquels
formèrent tout son bagage, quand il revint dans sa
patrie.

Son retour fut une vraie calamité. Cet air crâne
— qu'on me passe le mot — ce chevron de sergent-
major — Langeron était resté dans ce grade — ce
vernis de gloire qui s'attachait alors au soldat ; ces
formes un peu plus dégagées ; cette parole plus fa-

(1) Il est notoire que Voltaire était à peu près inconnu de la
génération formée sous le consulat et l'empire. On sait l'estime
que Napoléon faisait des philosophes : non-seulement Voltaire
n'eut pas une seule édition sous son règne ; mais un libraire
de Paris vendit à un libraire de Hollande quelques volumes déparcillés du coryphée de l'école philosophique, les derniers
qu'on eût pu trouver en magasin ; c'était une marchandise qui
n'avait plus cours. Mais depuis !!! *(Note de l'Editeur.)*

cile; ces quelques connaissances acquises le long des chemins; ce ton suffisant et prétentieux ; et surtout cette pension de deux cent treize francs, surmontée d'une croix d'honneur : tout cela fit sur nos villageois une impression qu'on devine aisément. Ce fut un événement que l'arrivée du *major* Langeron. — Quel dommage, disait-on tout d'une voix, que son père soit mort! — Quel bonheur, au contraire, que ce cher et fidèle ami eût fermé les yeux, avant de voir quelle ivraie avait remplacé la bonne semence jetée dans l'âme de son fils !

Le *major* me rendit visite. Je jugeai d'un trait que le fils était le contre-pied du père. Il se mit à parler avec cette facilité superficielle qu'on amasse le long des routes, et qui se cultive par la lecture. Comme j'amenai la conversation sur un sujet religieux, il se mit à me débiter de sottes diatribes sur la superstition et le fanatisme, avec un aplomb qui m'épouvanta. Je compris quel chemin l'imbécile avait fait dans la carrière. Il plaignait surtout la *simplicité* des gens de la campagne, que l'ignorance retient encore, disait-il, aux langes de la crédulité : quant à lui, il se félicitait d'en être débarrassé. Je devinai aussi quels ravages ce lourdaud d'impiété occasionnerait dans nos populations, si par hasard il venait à se fixer au milieu d'elles. Malheureusement, ce que je craignais arriva. Le stupide troupier se mit en tête de réaliser le type du soldat laboureur, qui fut pendant un

temps, on s'en souvient, la niaise idole d'un siècle
de niais. Il se fit cultivateur ; et, depuis quarante
ans, ce malotru mène ses sophismes et son fumier,
et travaille, par son exemple et ses leçons, à propager l'incrédulité et l'immoralité dans nos campagnes.

Naturellement, mon neveu, de retour au pays,
s'accrocha au *major*, et, malgré mes défenses, en fit
sa compagnie habituelle. Le sergent, de son côté,
était trop fier d'avoir un tel disciple, pour ne pas
mettre tous ses soins à l'endoctriner : ce fut tôt fait,
à lui, de compléter l'œuvre du collége et du cabaret. Le cabaret était leur rendez-vous ordinaire.
L'immoralité du grognard de l'empire fut bientôt
égalée par celle du génie manqué ; et, l'un traînant
l'autre, ils s'enfoncèrent dans l'abîme. Seulement,
mon misérable neveu périt bientôt, victime de ses
débauches ; tandis que le décoré traîne encore sa
croix d'honneur et ses blasphèmes sur la terre, et
surtout à la gargotte.

Ce fut de l'apparition de ce mauvais génie que
data la décadence de mon village, sous le point de
vue moral. D'abord, ce fut lui qui détermina l'établissement du cabaret, dont il devint le plus fidèle
et le plus fervent habitué. Les désastres causés par
la révolution, sous le rapport religieux, s'étaient
peu à peu effacés ; la restauration du culte même
avait causé une sorte d'enthousiasme chez nos populations, un moment égarées, mais non corrom-

·pues. La religion avait insensiblement repris son empire, et les mœurs antiques tendaient chaque jour à se restaurer, quand ce misérable esprit-fort apparut, et arrêta à lui seul le mouvement. Ses discours libertins, ses objections contre la religion, ses railleries à l'endroit de la crédulité et de la simplicité des fidèles, tout cela soutenu d'une réputation d'homme instruit et d'un langage qui pouvait, au village, passer pour choisi, tout cela, dis-je, fut comme une batterie continuelle dirigée contre la foi de nos aïeux, et y fit des brèches profondes. Langeron ne manqua pas de recueillir autour de lui les plus tarés du pays. Quiconque se sentait peser le joug de la morale, quiconque avait quelque tendance à s'affranchir des pratiques onéreuses du christianisme, tous ceux, surtout, qui avaient pris une part plus ou moins grande aux idées et aux excès révolutionnaires, se rangèrent naturellement autour de ce porte-étendard, et furent heureux de pouvoir un peu lever le masque qui leur cachait la figure. Ce fut là le noyau d'une opposition, le point de départ de défections assez nombreuses. Le sergent prêta ses livres, et, plus tard, ses mauvais journaux : il se fit *propagateur des lumières*. Il avait surtout pris à tâche de *démolir* — c'était son terme — l'autorité du curé. Les occasions ne lui manquèrent pas. Nous avions alors pour pasteur un prêtre d'âge moyen, plus vertueux qu'instruit, et

dont l'éducation imparfaite s'expliquait, d'ailleurs,
par les malheurs du temps : il avait été ordonné
prêtre vers la fin de la révolution, après avoir reçu
quelques leçons de théologie d'un vieillard de ses
amis. A cette triste époque, il était besoin de remplir les vides énormes faits dans les rangs du clergé ;
et les évêques se virent plus d'une fois obligés d'or-
donner, bien à regret, des hommes vertueux, mais
dont l'instruction n'était point ce qu'elle eût dû être
dans des temps réguliers.

Or, le sergent mettait un malin plaisir à suivre
pas à pas ce prêtre respectable, à éplucher ses paroles, à épier ses démarches. Il lui arrivait même
d'assister quelquefois au sermon, dans l'unique but
d'épiloguer sur le langage du curé, ou de réfuter
ses raisons. Je dois dire qu'il remplissait ce rôle
avec assez de piquant. Il faisait rire aux dépens du
prédicateur : c'était beaucoup. Bientôt, quelques démarches du prêtre, qui en toute autre circonstance
eussent été accueillies sans contradiction, devinrent
un sujet d'irritation pour quelques habitants de la
paroisse. Ce fut une fortune pour le *major*. Il s'empara des griefs des offensés, se fit leur appui et leur
interprète, et donna bientôt à la question un développement immense. Grâce à lui, l'affaire eut du
retentissement au dehors ; les tribunaux mêmes en
furent saisis. Je n'entrerai point dans le détail des
persécutions qui s'ensuivirent : cela me mènerait

trop loin. Qu'il me suffise de dire que de là data une ère nouvelle pour ce pays, jusque-là si moral et si religieux ; que peu à peu la foi et les mœurs y dépérirent ; et que si un jour l'anarchie trouve, comme il n'y a pas à en douter, de nombreux adeptes dans le village qui m'a vu naître, on l'aura dû à Dominique Langeron, sergent-major, décoré et esprit-fort.

Et ceci, hélas! n'est point un fait isolé. Quel village n'a été quelque jour affligé de ce résidu révolutionnaire, qu'on appelle l'esprit-fort? Qui n'a vu parader cette misérable créature, tantôt sous l'habit d'un percepteur, d'un contrôleur, d'un douanier, ou de toute autre espèce de fonctionnaire public ; tantôt sous la redingote bourgeoise ; tantôt sous la défroque militaire ; tantôt sous le frac du docteur en médecine ; tantôt sous le paletot du commis ; tantôt sous la blouse de l'agronome ; tantôt, et surtout, sous la livrée du rentier à mille écus?

Ah! le plus grand mal de nos campagnes, ce n'est ni la grêle, ni l'impôt, ni l'usure, ni le chiendent : c'est l'esprit-fort et le cabaret.

J'ai, je crois, oublié de dire que mon bâtard de Voltaire est devenu maire de son village. Cela se pouvait-il autrement? Quelle localité n'a vu l'esprit-fort occuper la place de magistrat, ou au moins entrer et dominer en son conseil municipal? Je regarde autour de moi, et j'en vois peu qui aient échappé à cette peste. Un esprit-fort dominant des esprits faibles : voilà ce qui a perdu la France.

Mon neveu trouva donc en cet homme un corrupteur tout prêt. L'œuvre, il est vrai, était déjà bien avancée ; mais si ce nouvel achoppement ne s'était trouvé sur sa route, qui sait si mes efforts et mes conseils, avec la grâce de Dieu, n'auraient pas retiré cet infortuné de l'abîme? Ces souvenirs m'arrachent encore chaque jour des larmes amères. Je tremble d'avoir, jusqu'à un certain point, à répondre devant Dieu d'une perte que j'ai si vivement déplorée, et que j'aurais tant désiré empêcher.

O vous qui tenez à vous mettre en règle pour le jour de l'éternité, parents, veillez surtout à ce que vos enfants n'aient point, comme celui dont je viens d'esquisser l'histoire, le malheur de recevoir un enseignement impie, et de fréquenter un esprit-fort et un cabaret!

XLI.

Mon système d'éducation.

J'avais trois fils et quatre filles : tous grands, ro-
bustes, doués d'une belle santé et de l'amour du
travail. Sachant combien la tendresse paternelle est
aveugle, je ne tomberai pas dans le défaut commun
en en faisant l'éloge. Il sied à un père de jouir des
qualités de ses enfants ; c'est à un autre de les louer.
Tout ce que je me permettrai, c'est, après avoir assuré qu'ils ne m'ont jamais fait de peines sérieuses,
de dire un mot sur le genre que j'ai adopté pour
leur éducation :

1° J'avais commencé par régler d'avance qu'aucun
d'eux, à moins de circonstances extraordinaires, ne
sortirait de sa condition. A la différence de beaucoup de parents, qui, à la naissance de chacun de
leurs enfants, tirent leur horoscope, et disent : Voici
un polytechnicien, voici un avocat, voici un notaire ;
moi, chaque fois qu'un des miens paraissait à la
lumière, je disais : Voici un laboureur de plus. Ja-

mais je n'eus la moindre idée d'en destiner un à une condition plus élevée que celle de leur père. Mes sept enfants sont donc ou seront agriculteurs. Si mes confrères m'imitaient tous en cela, je crois que les choses en iraient beaucoup mieux; l'agriculture ne manquerait pas de bras, et toutes les carrières civiles et militaires ne seraient pas encombrées. Je l'ai dit ailleurs, et je le répète ici : l'ordre de la Providence est que l'enfant marche sur les traces de son père, et reçoive de lui, non-seulement l'existence et l'éducation première, mais encore le moyen de gagner sa vie. J'excepte le cas où une vocation supérieure se manifeste dans un enfant par des signes tellement certains, tellement visibles, qu'ils peuvent être pris pour une voix du Ciel. Dieu est le maître : il peut se choisir des serviteurs où il lui plaît. Le devoir des parents est alors de seconder les vues de la Providence; mais ils ne doivent que les seconder, et non les prévenir ou les contrarier, en inspirant à leurs enfants des idées au-dessus de leur condition, ou en les poussant, quelquefois malgré eux, vers des carrières où l'on cherche, hélas! beaucoup plus la satisfaction de son amour-propre que la gloire de Dieu et le bonheur même des enfants.

2° La sévérité fut, je dois l'avouer, le caractère propre de ma conduite. Je partais de cette conviction : que l'homme est né méchant, et que la fermeté seule

peut arrêter dans un enfant le développement des
instincts mauvais qu'il apporte en naissant. A me juger par les apparences, on pouvait croire que je
tenais peu à me faire aimer, et beaucoup à me faire
craindre de mes enfants. Je dois dire cependant que
c'était par amour, et par un amour bien pur, que
j'agissais ainsi. Et, certes ! il me fallait quelquefois
toute la force de cet amour raisonné, sage, pré-
voyant, que j'appellerais volontiers surnaturel, pour
me faire vaincre cette autre espèce d'amour faible,
indulgent, porté à se satisfaire lui-même, et repo-
sant sur les penchants et les goûts de la nature. Oui,
je me combattis plus d'une fois pour tenir ferme
jusqu'au bout, et ne point me relâcher par pitié
pour les larmes de mes enfants, ou même de leur
mère. Dur, je ne crois point l'avoir jamais été ;
ferme, je n'ai jamais cessé de l'être. Aujourd'hui,
je m'en félicite, et mes enfants m'en bénissent.

C'est là le grand défaut de l'éducation moderne :
la faiblesse, le manque d'énergie. Cette triste mollesse qui a envahi nos mœurs, a aussi pénétré dans
l'éducation. C'est un désolant spectacle pour l'homme
sérieux que cette effémination universelle, dont la
génération est atteinte. La virilité a disparu. Un
grand caractère est la chose du monde la plus rare.
Nous sommes, sous ce rapport, à une énorme
distance des générations qui nous ont précédés. D'a-
près le peu que je sais de notre histoire, il me semble

16

qu'il y a une dégénérescence bien frappante dans
notre espèce humaine. Ces braves chevaliers du
moyen-âge, si durs à eux-mêmes; si forts contre la
faim, la soif, la fatigue; si endurcis au froid ou à la
chaleur; qui combattaient deux ou trois jours de
suite, sous des armures qu'un homme d'aujourd'hui
soulèverait à peine; qui couchaient sur la dure, passaient souvent des jours entiers sans rien prendre:
ces preux, dis-je, reconnaîtraient-ils leurs enfants
dans la race amollie, abâtardie de ce siècle, dans ces
damerets si bien emmitoufflés, si sensibles aux
coups d'air, si amis de leurs aises, si antipathiques à
toute espèce de sacrifice, hommelettes au teint frais,
aux chairs molles, aux mains blanches, à la vie sen-
suelle; ces sybarites, enfin, que le moindre dérange-
ment contrarie, que le moindre bruit incommode?
J'ai peine à le croire.

Moi-même, dans l'espace de temps que j'ai vécu,
j'ai pu remarquer une différence notable dans l'éducation des hommes. Il est certain que ceux de mon
temps étaient beaucoup plus endurants et plus ro-
bustes que ceux d'aujourd'hui. Je vois avec douleur
ce système de mollesse envahir même nos campagnes. C'est encore là un des effets de la révolution.
C'est elle qui, en rendant plus faciles les jouissances
matérielles, en a éveillé la soif; c'est elle qui, en détruisant dans l'homme la foi aux vérités surnaturelles,
l'a enfermé dans le cercle des jouissances physiques.

Si, en effet, il n'y a pas d'autre monde, ou si seulement l'existence d'un autre monde est incertaine, la sagesse ne veut-elle pas qu'on jouisse du présent, et qu'on ne sacrifie pas un bien que l'on tient à un bien que l'on ne possédera peut-être jamais? De là cet effroyable abâtardissement des mœurs. De là cette immense avidité des jouissances matérielles, qui augmente à mesure qu'elle se satisfait, qui rêve sans cesse de nouvelles conquêtes, et est, sans contredit, le levier le plus puissant des révolutions.

Habitants des campagnes, vous avez longtemps résisté au torrent; en général même, vous y résistez encore. Ah! tenez ferme; et conservez cette sobriété, cette modération dans les jouissances, qui est la mère de la santé et le sceau de la virilité. Si les bourgeois s'efféminent, vous, restez hommes! Si le prolétaire prend à tâche d'effacer, en quelque sorte, le type de l'humanité sous l'empreinte de la débauche, vous, montrez encore ce que c'est qu'une âme saine dans un corps sain! Hé! voyez: qui fournit à nos armées leur contingent? Vous, et vous seuls. Si la France n'avait à sa disposition que la race bourgeoise étiolée, ou la population rachitique des ateliers, elle serait dans l'impossibilité de se faire une armée. Mais elle trouve, au sein de vos campagnes, une race d'hommes que le luxe n'a point amollis, que la débauche n'a point énervés, que le vertige révolutionnaire n'a point encore saisis, et, par là, elle peut se créer des soldats et opposer à ses ennemis du dedans et du dehors une indomptable défense.

Du jour où le sensualisme bourgeois aura pénétré parmi vous, datera la dernière heure, la prompte et inévitable décadence de la société. Puisse ce jour être retardé longtemps encore !

3° J'ai tenu surtout à inspirer à mes enfants l'esprit de religion. Je ne crois point aux vertus qui n'ont pas là leurs racines. J'estime infiniment peu la religion dite *de l'honnête homme*; et cent fois l'expérience m'a démontré qu'entre le prétendu honnête homme et le coquin, il n'y a que l'épaisseur d'une circonstance. Que d'honnêtes gens sont devenus, dans l'occasion, des gens malhonnêtes ! Mais il n'y a rien à craindre de l'homme sincèrement religieux. Celui-là pratique le devoir pour le devoir, et dans toute son étendue : il n'est pas de motif qui puisse le faire dévier de la ligne droite qu'il s'est tracée. Sa conscience ne change point avec les circonstances : car elle est, qu'on me passe ce terme, fondée sur le roc. Il aime la vertu pour elle-même. C'est dans un motif surnaturel qu'il puise la force d'agir ; il sait que Dieu a sans cesse les yeux ouverts sur ses voies, et que, quand il est le plus éloigné de tout regard humain, il est encore tout entier sous les regards de l'Être tout-puissant. Il sait encore que tout lui sera compté un jour, à charge ou à décharge ; que rien, par conséquent, n'est indifférent dans notre vie, et que c'est peu de chose d'être l'objet de la haine ou de l'estime de ses semblables, pourvu que l'on mérite l'amitié de Dieu, ou que l'on échappe à sa colère.

Il me semble qu'un homme pénétré de ces pensées doit avoir une grande force de caractère, une ligne de conduite très simple, une probité à toute épreuve. Autant la raison de l'intérêt est variable, autant la raison du devoir est solide. Le ciel est immobile, et la terre tourne. Ainsi, pendant que les enfants du siècle varient sans cesse d'opinion, de manière de penser et d'agir, selon que les objets leur présentent des faces différentes, ou que leurs intérêts changent de pivot ; l'enfant de la lumière demeure inébranlable dans sa voie, parce que son but est toujours le même.

J'ai eu l'extrême consolation de voir mes enfants répondre à mes soins, et s'attacher franchement à la religion. Je ne dis point, pour cela, qu'ils soient sans défauts ; mais, au moins, ces défauts ne sont point essentiels, n'atteignent point les fondements mêmes de la conduite. Je leur rends cette justice, que je leur dois les joies les plus pures que j'aie goûtées sur la terre. Combien peu de pères en pourraient dire autant !

J'ai, de plus, l'espérance fondée qu'après ma mort, ils resteront ce qu'ils ont été de mon vivant ; surtout, j'espère qu'ils vivront en bon accord. Trois d'entre eux sont mariés, et jusqu'à présent aucun germe de division ne s'est encore manifesté dans la famille. Que Dieu en soit loué ! Il me semble que l'union des enfants est la plus belle couronne d'un père. Il me semble aussi que la plus lourde partie de ma tâche est accomplie, puisque je suis parvenu à élever, et à maintenir une nombreuse famille dans la crainte de Dieu, et dans la pratique des devoirs religieux. Quand donc la mort viendra fermer mes paupières, et cela ne peut tarder, je crois que j'aurai assez de confiance pour dire à mon Dieu : *C'est maintenant, Seigneur, que vous laissez aller votre serviteur en paix....*

XLII.

Une leçon.

J'ai dit que mes enfants n'ont point de défauts essentiels, cela est vrai ; mais je dois ajouter qu'il a fallu toute ma fermeté pour les empêcher d'en contracter.

Il est surtout deux écueils pour les enfants de village, deux pièges funestes tendus sous leurs pas : le cabaret, pour les garçons ; la vanité, pour les filles. J'en ai dit assez sur le premier point pour être dispensé d'y revenir. Je me contente de dire, en passant, que deux de mes fils manifestaient une tendance assez marquée à suivre l'exemple des jeunes gens de leur âge, c'est-à-dire à aller perdre à la gargotte, leur temps, leur argent, leur foi, leur moralité, leur santé peut-être ; mais je sus y mettre bon ordre. Ma sévérité à punir leurs premières démarches en ce genre fut extrême ; tout le monde m'en a blâmé ; ma conscience et mes fils m'en remercient.

Mes filles aussi manifestaient une disposition très marquée pour la vanité. Ce goût est, il est vrai, inné chez la femme : le besoin de plaire est son premier penchant, et comme le fond de son être. Thérèse fut, comme toutes les mères, très fière d'avoir de beaux enfants, et de s'entendre louer dans la personne de ses filles. Comme toutes les mères, elle cultiva, dès le berceau, cet instinct de vanité qui s'éveille avec la vie. L'aisance semblant nous sourire, elle crut pouvoir plus aisément entretenir chez ses filles une sorte de luxe, qu'elle n'avait point pratiqué pour elle-même. Or, sous ce rapport, les exigences croissent de jour en jour. Nulle part, peut-être, plus qu'ici, le changement n'est visible dans nos campagnes. Demandez aux vieilles femmes qui ont vu, comme moi, les trente années du dernier siècle, si elles se reconnaissent dans leurs petites-filles.

La révolution opéra en ce point de la même manière que pour les autres superfluités de la vie : elle mit au goût et au service du peuple ce qui n'avait jusque-là appartenu qu'aux classes élevées. Je l'affirme sur l'honneur : il y a vingt jeunes filles dans mon village qui sont plus élégamment vêtues que ne l'étaient, il y a soixante ans, les filles de nos ducs et de nos marquis. Je me rappelle avoir assisté, encore enfant, dans la chapelle d'un château voisin, à la première communion de la fille d'un grand seigneur :

eh bien ! j'atteste que sa mise était moins brillante, moins élégante, que celle de certaines jeunes filles de nos campagnes.

Certes! cet abus ne coûtât-il rien, il serait encore à condamner. Mais, malheureusement, il est une source de ruine pour beaucoup de nos laboureurs. Je pourrais citer un village voisin où le luxe, chez les femmes, est porté à son comble : c'est aussi celui de tous qui est le plus gêné. Mais vraiment on ne pourrait s'empêcher de rire, à voir, le dimanche, ces grossières paysannes aux pieds larges comme des bateaux, aux mains calleuses, au teint basané, à la taille épaisse, à la tournure grotesque, chargées de soie, de velours, de dentelles, de rubans, de bijoux, se donner des airs de grandes dames, qui leur vont comme le bonnet de docteur à un âne. C'est une vraie mascarade. Je me souviens d'avoir bien ri, à la dernière fête de mon village, en voyant défiler ces *élégantes,* que je ne reconnaissais plus sous leurs riches atours. — Qui est donc celle-ci? demandai-je à un de mes voisins. — C'est une telle. — Quoi! cette grosse femme qui chargeait, hier au soir, une voiture de fumier? — Elle-même. — Et cette autre? — C'est la fille d'un tel. — Quoi ! la fille de ce pauvre fermier qui a été saisi deux fois ? — Oui. — Et cette troisième ? — Une telle. — Vraiment! la sœur de ce pauvre idiot qui court les rues demi-nu ; la fille de cette malheureuse veuve qui va aux portes? — Elle-même! — Mais elle porte sur elle de quoi nourrir six mois son frère et sa mère. — Elle porte ses gages de toute l'année....

Et ainsi du reste.

Non, non, je ne ris pas ce jour-là : je fus tenté de pleurer.

Et ce mal va toujours en augmentant : on ne saurait dire où il s'arrêtera. Or, dès qu'une fois la passion de la toilette s'est emparée d'une femme, et surtout d'une jeune personne, il n'est moyen qui coûte pour la satisfaire. J'ai vu de malheureuses jeunes filles —et je dis malheureuses, parce qu'elles étaient, ici, les premières victimes — étouffer jusqu'au cri de la nature plutôt que de sacrifier leur goût pour la parure : j'en ai vu laisser leurs parents manquer de pain, plutôt que de se retrancher un mètre de dentelle ou un bout de ruban. Et ce que je dis n'est pas exagéré ni unique : il est peu de localités, peut-être, qui n'en fournissent des exemples.

Une de nos voisines avait demandé, il y a quelques années, une jeune fille de village pour domestique. Quel ne fut pas son étonnement de voir cette fille, qu'on lui avait dit fort pauvre, arriver chez elle, un dimanche, en robe de soie et la tête garnie de rubans! — Ma fille, lui dit-elle, vous feriez honte à votre maîtresse : elle n'oserait paraître à côté de vous. — Et elle la congédia.

Voilà pourtant l'abîme où m'aurait conduit ma

pauvre Thérèse, si je l'avais laissé faire. Femme
excellente, mais aveugle sur le compte de ses filles,
elle n'avait certainement pas prévu les suites du
funeste penchant qu'elle favorisait en elles. Elle
essaya d'abord de me gagner ; au moment où ses
enfants grandissaient, il n'était cajolerie et adroit
propos qu'elle n'employât pour me fasciner sur leur
compte, et mettre en jeu mon amour-propre paternel. Elle me disait et me faisait dire par les
commères, que j'avais les plus belles petites filles
qu'il y eût à dix lieues la ronde, qu'un peu de parure les relèverait infiniment, et que c'était vraiment
dommage de les laisser mises si simplement. J'as-
pirai un moment, il faut bien le dire, cet encens
si doux au cœur d'un père ; mais bientôt je devinai
le piége, et je repris l'empire sur moi-même. Je fis
entendre que la vanité, qui est partout un défaut, en
est surtout un chez les personnes que leur condition
condamne à gagner leur vie ; et que si les belles
dames aristocratiques ou bourgeoises ont le temps et
l'argent nécessaires pour s'adonner à leur toilette,
une paysanne n'a ni l'un ni l'autre, et se doit à son
travail. Mais on ne se tint pas pour battu. Désespé-
rant de me convaincre par le raisonnement, on se
mit à agir : Thérèse, avec cette habileté propre aux
femmes, savait si bien arranger son compte, que ses
filles étaient de mieux en mieux parées, et ne devaient pas tarder à se trouver au niveau des plus

élégantes du pays. Aux observations que je lui faisais là-dessus, elle me répondait qu'elle ne dépensait que le fruit de ses économies et du travail particulier de ses filles, que ce luxe n'enlevait rien au ménage. Pendant quelque temps, je la crus, d'autant mieux qu'elle me trompait sur le prix des étoffes : me faisant croire que ce qui frappait si fort mes yeux, par son élégance ou sa richesse, n'était, en réalité, qu'un objet de peu de valeur. Et si j'entre dans ces détails, c'est parce que je sais qu'un grand nombre de mes confrères y sont pris comme moi. Nous autres hommes, nous sommes parfois si bons, c'est-à-dire si bêtes ! Et nos femmes sont si fines ! Mais, enfin, je découvris la fraude. Je m'aperçus que le fruit de ces prétendues économies n'était autre que le fruit même de nos sueurs, c'est-à-dire le prix de mon blé, de mon avoine, de mes troupeaux : en deux mots, qu'on volait le ménage pour entretenir le luxe déplacé des enfants. Oh ! que cette découverte me fut amère ! Je n'y pus croire d'abord ; mais des preuves vinrent coup sur coup rendre cette supposition parfaitement évidente. Nous eûmes alors, Thérèse et moi, des explications bien vives. La pauvre femme, que Dieu lui fasse paix ! s'en prit à ses yeux, et pleura amèrement. Moi, je me sentais blessé au plus vif du cœur : moins peut-être à cause des dépenses ruineuses que l'on avait faites, qu'à cause de la dissimulation dont on avait usé à mon égard.

Toutefois, je sus contenir l'extrême indignation qui m'agitait. Mais je crus que c'était le cas d'en finir par un acte d'autorité. Je me fis donc apporter, par mes enfants mêmes, leur plus riche vêtement, celui qu'elles avaient acheté le plus récemment, et dont, certainement, elles étaient le plus fières ; et, sous leurs yeux, je le jetai au feu. Je déclarai avec beaucoup de calme qu'ainsi serait traité tout ce qu'on achèterait sans ma permission. La leçon produisit son effet : le mal fut coupé dans sa racine. Ma femme est rentrée dans le devoir, et mes filles sont restées simples.

Habitants des campagnes, imitez mon exemple, et vous vous en trouverez bien.

XLIII.

1830.

Une nouvelle révolution était venue, en 1830, re-
muer de nouveau les bases de la société, à peine
remise des longues secousses de la république et de
l'empire. Et si je dis une nouvelle révolution,
c'est pour me conformer au langage reçu; car ce
n'était qu'une suite de la première, une nouvelle
phase de cette période de décadence à laquelle la
société me semble condamnée, si Dieu n'y met
ordre. La grande commotion de 89-93 avait sapé
l'autorité par sa base; elle avait avili et anéanti le pouvoir. Le régicide est de tous les crimes le plus énorme,
non pas précisément parce qu'il immole un oint de
Dieu, un homme haut placé; mais surtout parce
qu'il est un attentat contre la loi d'autorité, parce
qu'il décapite un principe. Le peuple qui voit tomber
les têtes royales, ne peut plus croire à la puissance
ni à la majesté. La couronne n'est plus pour lui qu'un
hochet qui se prête et se retire; le roi, qu'une sorte de

commis à gages ; le trône, qu'un meuble à louer. Et comment toutes les autorités inférieures garderaient-elles un reste de prestige, quand la première autorité est ainsi traitée ? Le coup qui abattit la tête de Louis XVI a fait à la France une blessure qui ne se guérira pas.

Les honnêtes gens, les vieillards surtout, tremblèrent, quand ils apprirent, en juillet 1830, que l'insurrection était victorieuse à Paris. Ils se rappelaient involontairement les journées néfastes de la première révolution. Plusieurs crurent à une résurrection immédiate des horreurs de la démagogie : je les rassurais tant que je pouvais. Je ne sais quel instinct me disait que ce nouveau coup porté à l'autorité n'était que le prélude de ceux qui se préparaient, et comme l'avant-coureur d'une ruine beaucoup plus grande.

Qu'on pardonne, encore une fois, à un vieux paysan sans études et sans lettres, d'exprimer son avis sur d'aussi graves questions. Mais la société est bien malade : elle porte dans ses flancs les germes d'une corruption profonde, et, par conséquent, d'une dissolution prochaine, si — il faut toujours prémettre cette condition — si le Seigneur ne juge pas à propos de mettre activement la main à l'œuvre. Je me souviens d'avoir été un jour bien désagréablement frappé d'entendre notre vieux curé dire qu'il entre dans les desseins de Dieu que le mal triomphe naturellement du bien, pour qu'ensuite le bien triomphe du mal par miracle. Quatre-vingts ans d'expérience m'ont réconcilié avec cette idée, au premier abord si repoussante. L'homme est naturellement méchant : sa nature, ses instincts l'entraînent d'eux-mêmes au mal. Le bien le plus minime est un effort pour lui ; le mal le plus grand ne lui coûte rien. En deux mots, pour être vertueux, il faut continuellement lutter avec soi, ramer contre le courant ; pour être vicieux, il suffit de se laisser aller.

Or, la société n'est qu'un amas d'hommes, c'est-à-dire d'êtres qui ont apporté en naissant le penchant à tous les vices, et l'antipathie pour toutes les vertus. Quel bon résultat peut donner une aggrégation d'éléments mauvais ? Quel prodige si la société, composée d'hommes corrompus ou faciles à corrompre, formait un tout vertueux ! J'entends sans cesse parler de progrès : je me demande où il est. A part le progrès dans l'insubordination, dans la débauche, dans le luxe, dans l'irréligion, dans le mal, enfin, je ne vois pas de progrès dans la société. On parle des arts, il est vrai ; et on ne peut nier qu'ils ne soient plus avancés aujourd'hui que dans les siècles précédents ; mais il faut dire que les arts ne font guère de progrès qu'aux dépens de choses plus importantes ; et que si les arts superflus progressent, les arts utiles n'avancent pas. Somme toute, je m'aperçois — et je le prouverais sans peine — que, depuis que la doctrine du progrès est si répandue, et le progrès lui-même si bien en train, le nombre des ruines individuelles, des crimes contre les personnes ou les propriétés, des suicides, des banqueroutes, des expropriations, des séparations entre époux, des condamnations judiciaires, des enfants trouvés, des mendiants, des vagabonds, etc..., etc..., est au moins trente fois plus grand que quand on était *ignorant, arriéré et superstitieux.* Voilà un beau progrès !

Que ces misérables doctrines séduisent quelques jeunes inexpérimentés, cela se conçoit ; mais que des hommes faits, des hommes qui veulent passer pour sérieux, répètent de semblables billevesées, voilà ce qui me dépasse.

Les années qui suivirent la secousse de Juillet exercèrent sur l'esprit public une influence funeste. Le peu de respect que l'autorité inspirait encore s'évanouit. La liberté de la presse acheva d'ébranler toutes les notions du juste et de l'injuste. Il m'arrivait de lire quelquefois les journaux ; j'étais étonné de l'audace avec laquelle on discutait les bases mêmes de la société. Rien ne demeurait sacré. Et quel désordre ne doit pas produire dans l'esprit public ce dévergondage, cette manie de raisonner ou, plutôt, de déraisonner sur tout ! Est-il possible que l'autorité garde le moindre prestige, quand tous les jours elle est livrée à la critique ? La religion peut-

17

elle conserver un reste d'ascendant, quand du matin
au soir on la bafoue? La propriété sera-t-elle longtemps respectée, quand on la met en question? Et
ainsi du reste. Je ne parle pas de la licence en matière
de mœurs. Quand le nœud sacré du mariage était
journellement tourné en dérision, dans des livres
obscènes, dans des feuilletons infâmes; quand la
femme adultère était constamment vantée, et
l'honnête femme livrée au ridicule; quand on faisait, sous toutes les formes, l'apologie des vices qui
peuplent les cours d'assises et les bagnes, et qu'une
jeunesse avide, disons mieux, toutes les classes de
la société, absorbaient avidement ces affreux poisons,
quel espoir restait-il de conserver la morale publique,
et d'échapper à une ruine honteuse?

J'ai remarqué bien des fois que le pouvoir de
Juillet, extrêmement susceptible pour tout ce qui le
concernait, était entièrement indifférent pour ce qui
touchait les intérêts sacrés de la religion et de la morale. Au fond, c'était se mettre au-dessus de Dieu
même: c'était s'adorer.

La grande faute aussi fut d'avoir jeté tout le
siècle dans l'ordre des intérêts matériels. Evidem-
ment, l'on semblait faire consister tout le bonheur
du peuple dans les arts, et dans les jouissances
purement physiques. Qu'on se rappelle les sommes
énormes qui furent votées, dans ces dix-huit ans,
pour ce qu'on était convenu d'appeler les travaux

publics; et l'on verra s'il est possible de supposer que
le gouvernement ait cru qu'un peuple peut être heureux autrement que par des canaux, des chemins de
fer, des ponts, des musées, des quais et des théâtres.
Qu'on rapproche surtout de cette tendance si manifeste la conduite tracassière et l'étroite jalousie avec
laquelle on traitait la religion, l'enseignement libre,
les ordres religieux, toutes les graves questions aux-
quelles se rattachent les intérêts spirituels des nations : et qu'on dise si ces années funestes n'ont pas
été le véritable règne de la matière, et comme une
longue conspiration contre le royaume de Dieu.

Aussi, la décadence de la France a-t-elle été rapide. Mœurs, lois, probité, conscience, morale, langage, bon sens même, tout est descendu à la fois.
L'idée de l'autorité surtout était si bien détruite dans
les esprits, que la royauté de Juillet est tombée,
comme un fruit pourri, sans la moindre résistance.
Pas un bras ne s'est armé, pas une voix ne s'est
élevée en faveur du dernier monarque ; il s'est arraché du sol comme une plante sans racines. Ainsi,
cette société si tranquille en apparence, si pleine de
vie, si riche, si aisée, si sûre de l'avenir, n'atten-
dait qu'une occasion — et quelle occasion ! — pour
trembler sur sa base, et se trouver à deux doigts de
sa perte. Aujourd'hui, on recueille les fruits de cette
longue corruption, et les derniers ne sont pas encore
mûrs.

Car, hélas! le mal va toujours croissant. Dieu seul sait quels limites il doit atteindre, et quand montera le flot qui doit tout submerger. L'aspect des maux passés et présents, la pensée des maux à venir, consolent celui qui doit mourir. Il y a pourtant des raisons d'espérer encore. Je ne puis me décider à croire que Dieu ait abandonné la France. Il l'a toujours traitée comme sa fille aînée; il l'a douée de qualités éminentes; il lui a donné le premier rang parmi les peuples. Serait-ce qu'elle a démérité à un point qui ne se pardonne plus? Je n'en sais rien. Je crains, mais j'espère. Oh! de quelle joie palpiterait mon cœur, si de mon lit de mort je pouvais entrevoir l'aurore du salut de ma patrie!

XLIV.

Un mot sur les Banques Agricoles.

Je dirai tout à l'heure un mot à mes frères sur le moyen de sauver la France ; auparavant, je voudrais encore m'entretenir un instant avec eux sur une question qui les touche personnellement.

Ce siècle est par excellence le siècle des systèmes. Chacun en invente, sur tous les sujets possibles, et celui de chacun est toujours meilleur que celui des autres. La détresse de l'agriculture a, particulièrement, attiré bien des attentions ; et une foule d'amateurs, plus ou moins attendris de nos maux — maux que trahissent assez QUINZE MILLIARDS d'hypothèques — ont apporté leur solution et leur remède. Je ne puis les discuter tous ; mais il en est un qui mérite une attention particulière, à cause de la faveur qu'il rencontre chez beaucoup de personnes : c'est le système des *Banques Agricoles.*

On est parti de ce principe que ce qui ruine l'agriculture, c'est l'emprunt. On démontre fort savamment que le laboureur qui prend de l'argent à cinq ou six pour cent, quand la terre ne lui rend que le deux ou le deux et demi net, doit nécessairement se ruiner. Cela est vrai. Mais la question n'est pas là. Il s'agit de savoir *pourquoi* le laboureur emprunte. Assurément on le plaindrait, et il serait fort à plaindre, s'il était forcé d'emprunter au taux que nous avons dit, pour ne percevoir qu'un produit bien inférieur. Mais il n'en est pas ainsi. Depuis soixante-dix ans, je suis le mouvement de l'agriculture, et voici ce que l'expérience m'a appris :

L'agriculteur songe beaucoup plus à acquérir qu'à améliorer. Cette erreur est la source de sa misère, la cause première, et presque l'unique, de l'immense détresse qui pèse sur nos campagnes. J'ai observé de près la marche progressive de nos meilleures maisons de laboureurs : elles ont dépéri, elles se sont ruinées par là.

Avant la révolution, la terre appartenait dans la proportion de cinq huitièmes à ce qu'on était convenu d'appeler le tiers-état, c'est-à-dire à ce qui n'était ni clergé, ni noblesse. Le reste, qui était de beaucoup le meilleur, était la propriété de ces deux derniers ordres. Par cette constitution des choses, l'ambition du laboureur se trouvait limitée ; il n'y avait point dans la propriété territoriale cette mobilité que nous y voyons aujourd'hui, et qui fait que la même pièce de terre peut changer de maître trois ou quatre fois pendant la vie d'un homme. Les couvents acquéraient toujours, et ne vendaient jamais ; les nobles acquéraient quelquefois, et ne vendaient que rarement : d'où il suivait que l'homme du peuple qui possédait de la terre, devait à peu près se résigner à ne la voir jamais s'agrandir entre ses mains. Cette limite était gênante pour l'ambition, mais utile au bien général et au bien particulier ; car la terre pouvait être mieux soignée, précisément parce qu'on en avait moins, et le propriétaire était exempt de cette fiévreuse ambition qui le dévore aujourd'hui.

La révolution changea tout cela. En livrant au *tiers-état,* par la vente des biens nationaux, les propriétés du clergé et de la noblesse, elle augmenta moins la richesse du laboureur que son ambition, moins son aisance que sa gêne. La passion de la terre — qu'on me passe ce mot — s'accrut dès lors énormément. Bientôt l'impôt devenant la base de la considération, et, pour ainsi parler, le taux d'après lequel s'estimait un citoyen, chacun ne visa plus qu'à augmenter sa part de territoire ; le livre des percepteurs devint comme le baromètre de la valeur personnelle ; l'homme le plus important, le mieux placé dans l'opinion publique, fut celui qui paya le plus de contributions ; les charges honorables, l'estime de l'autorité, les droits politiques, l'aptitude aux fonctions de juré, d'arbitre, d'électeur, etc..., furent comme l'apanage de

celui dont le nom enflait le mieux les colonnes du
tableau des contributions directes. Le laboureur
lui-même partagea l'entraînement général ; stimulé
par cet amour-propre qui cherche à s'élever au-
dessus des autres, il tâcha de devenir riche ; et,
ainsi que tout le monde, il fit consister la richesse à
posséder beaucoup. Or, comme les terres se voient
et que les dettes ne se voient pas, il regarda trop
peu à emprunter, à se grever d'obligations onéreuses, pourvu qu'il pût montrer une plus grande superficie de propriétés au soleil. La passion de la terre
ne connut plus de bornes : les plus humbles même
en furent atteints ; et dès lors commença le rôle, le
triste rôle que le capital a joué, et jouera longtemps
encore, dans l'agriculture. C'est-à-dire il en résulta
que l'acheteur ne pouvant payer, le fonds restait
hypothéqué comme garantie de la dette contractée ;
en sorte qu'une immense portion du territoire n'appartenait plus que nominalement à ses propriétaires. J'ai connu, pour ma part, un morceau de terre
vendu trois fois, et dû trois fois en même temps.
Ainsi s'explique l'incroyable chiffre de QUINZE MIL-
LIARDS d'hypothèques.

Et cette maladie n'est pas corrigée. Nos paysans,
même dans l'état actuel, ne songent encore qu'à
acquérir. Ils sont, il faut le dire, économes et laborieux, et certes ! nul ne peut mieux que moi apprécier leur vie dure et frugale ; je nommerais tel et

tel village où des cultivateurs, même aisés, ne consomment pas pour plus de vingt-cinq centimes de nourriture quotidienne. Mais, en général, et voilà leur tort, ils améliorent peu ; ils ne pensent qu'à acheter ; c'est pour étendre la superficie de leurs domaines, qu'ils empruntent à des taux toujours onéreux, eu égard aux produits ; et, à mesure que de nouveaux coins de terre s'ajoutent aux anciens, c'est un surcroît de travaux, en même temps qu'une diminution de soins et d'engrais ; de sorte qu'il serait presque rigoureusement vrai de dire que la gêne augmente avec la possession, que l'aisance diminue à mesure que la propriété s'accroît.

Voilà l'état des choses, surtout dans les départements de l'Est. L'ardeur de la propriété y fait acquérir à des prix fous. J'ai vu dans certains villages un tel acharnement, dans les ventes publiques, à hausser le prix d'une pièce de terre, qu'il aurait fallu que cette terre rapportât *le douze* pour payer les intérêts de son capital. N'est-ce pas là de l'aveuglement ? Pour se tirer de détresse, le moyen le plus simple, et souvent nécessaire, serait de vendre une partie de son domaine, pour améliorer l'autre. Et, au lieu de cela, on acquiert à des prix très élevés, et on emprunte pour payer. Comment ne se ruinerait-on pas ? Le produit de la terre est toujours éventuel ; mais la rente de l'argent est inexorable. Le laboureur ne sait jamais ce que son champ lui rapportera : il sait toujours ce que son créancier exigera. Et l'argent est rare chez lui ; il ne vient que difficilement, que précairement. Comment compter sur des denrées à vendre, quand les denrées ne sont encore qu'en espérance, quand le prix auquel elles pourront se vendre est encore incertain ? Aussi, qu'arrive-t-il ? Les termes viennent, et le quartier à payer n'est pas là. Alors on demande grâce au créancier, qui, en général, l'accorde volontiers, parce que les fonds garantissent son capital, et que le placement sur la terre est encore le plus sûr ; mais les intérêts arriérés se capitalisent : par conséquent, l'intérêt augmente, et, loin de se résoudre, la difficulté ne fait que s'accroître.

Or, quel serait, dans cet état de choses, le résultat d'une banque agricole ? Le cultivateur, qui n'est souvent retenu d'acquérir que par la difficulté d'emprunter, trouvant sous sa main de l'argent toujours prêt, donnerait libre cours à son ambition. En vain dit-on que l'argent serait à un taux très faible : cet avantage, utile pour quelques cas, utile surtout s'il s'agissait de l'amélioration des terres, deviendrait un piége, s'il s'agit de la manie d'acquérir. Le cultivateur, oubliant que celui-là n'est pas le plus riche qui cultive le plus, mais bien celui qui cultive le mieux, ne songerait qu'à s'agrandir ; il en résulterait une concurrence illimitée qui ferait hausser le prix des terres, déjà excessif dans certaines provinces. Par là, le prétendu taux de deux et demi pour cent deviendrait facilement le cinq ; puisque si une pièce de terre, au lieu de cinq cents francs m'en coûte mille, ces mille francs au deux et demi me font le même effet que cinq cents au cinq, et, en fin de compte, me sont beaucoup plus onéreux.

Je ne parle pas d'un autre grave inconvénient qui s'ensuivrait : à savoir la mobilité qu'en contracterait la propriété foncière. La terre ne s'améliore guère que par les possessions de longue date ; il faut un peu compter sur l'avenir pour donner à ses champs toute leur valeur, pour y faire des réparations coûteuses. Or, dans la supposition dont nous parlons, le sol, changeant de maître à chaque instant, serait de plus en plus négligé : personne ne se souciant de soigner, de fumer, d'améliorer un fonds pour son successeur.

Je conclus donc que le système des banques agricoles, bien loin d'être le remède à nos maux, ne ferait que les aggraver : il achèverait la ruine de l'agriculture, déjà si malade. Nous croyons que moins l'Etat s'occupera de nous, et mieux cela ira : tout ce que nous avons à demander aux gouvernements, c'est qu'ils protégent nos intérêts, allégent nos impôts, nous facilitent les débouchés. L'agriculture est un art qui puise en lui-même sa vie. Dès qu'une intervention étrangère s'y immisce, c'est une veine qui tarit. Proposez des améliorations, encouragez et provoquez le progrès ; propagez, par voie de conseil, les meilleures méthodes ; faites éclore les théories, fort bien ! mais, après cela, abandonnez le laboureur à lui-même, et gardez-vous de le gêner, de lui imposer qui que ce soit ou quoi que ce soit. Je le dis librement : j'ai vu, avec un pressentiment pénible, s'établir un ministère de l'agriculture : j'ai craint tout d'abord que l'Etat ne considérât bientôt nos champs comme sa chose, et l'agriculture comme une des mille branches de son administration : ce qui serait proprement le communisme.

En attendant, je repousse, de toute l'énergie de ma conviction et de ma vieille expérience, l'idée malheureuse de la *Banque Agricole*.

XLV.

Séparation.

Il y a cinq ans que j'ai perdu ma bonne Thérèse. Après avoir passé près de quarante ans avec moi, elle a jugé à propos de partir la première. J'ai souvent songé que le plus grand bonheur des époux assortis serait de ne pas se survivre l'un à l'autre. Je voudrais que le nœud qui s'est formé pour les deux le même jour, se brisât aussi le même jour pour les deux. Dieu ne l'a pas voulu ainsi. Il a trouvé bon de m'enlever la compagne de ma vie, et de me laisser, vieux solitaire, achever seul ma carrière, avec un appui de moins, et un regret de plus. Que sa volonté soit faite !

Thérèse est morte comme elle a vécu : en femme chrétienne. Sa fin a été, littéralement, le soir d'un beau jour. Toute sa vie fut pleine de bonnes actions et de bons désirs. Un moment, j'eus la pensée de faire graver sur sa tombe ces simples paroles : *Ci-gît qui a beaucoup aimé, beaucoup travaillé, beau-*

coup prié : c'était tout le résumé de sa vie. Je l'ai
déjà dit et le proteste de nouveau : elle ne m'a jamais causé un chagrin sérieux ; jamais nos cœurs
n'ont été, un seul instant, désunis.

Elle eut pourtant des défauts : j'en eus moi-même
de plus grands. Mais tous les deux, nous avons
éprouvé un des effets les plus réels, quoique le moins
remarqué, d'une union vraiment chrétienne : c'est
que nous nous sommes mutuellement corrigés. Mariée
à un homme moins ferme que moi, Thérèse eût eu
des faiblesses pour ses enfants : on l'a vu par rapport au goût de la toilette ; elle eût pu aussi se relâcher dans l'exercice de ses devoirs religieux, et offrir
à ses filles un modèle moins digne. A mon tour,
si j'eusse épousé une femme moins sensible, moins
prévenante, mon caractère se fût aisément aigri.
J'étais né avec une certaine propension à la raideur :
chez moi, la conviction avait quelque chose de dur
et d'inflexible. Elle sut m'assouplir à force de déférence et de bonté ; l'admirable douceur de son caractère était comme l'huile qui coulait sur le mien,
et en détendait les ressorts. Toute l'énergie de ma
volonté pliait devant son silence où ses larmes ; cent
fois, mille fois, sa conduite, toute de déférence et de
docilité, me rendit, par contraste, honteux de la
mienne. Ah ! que l'exemple est plus puissant que les
discours ! Quelle éloquente leçon de vertu que la
vertu même ! Les contradictions de Thérèse m'eussent

aigri, sa douceur me désarmait ; quand j'étais las de moi, je reposais mes yeux sur elle. C'est ainsi que, tandis que ma fermeté donnait à son caractère la force qui lui manquait, sa douceur enlevait à mon naturel ce qu'il avait d'âpre et de heurté. Merveilleux fruit, je le répète, d'une union chrétienne, et qui entra, certainement, dans les vues de la Providence, quand elle institua le mariage !

Elle est morte ! je ne tarderai pas à la suivre dans la tombe. Mais le passage sera doux, puisqu'il s'agit de la rejoindre. J'ai entendu bien des époux regretter, à la fin de leur carrière, de s'être engagés dans les liens du mariage. Ce nœud sacré, recherché avec tant de passion dans la jeunesse, devient souvent une lourde chaîne pour l'âge mûr, un sujet de repentir pour la vieillesse. Thérèse a su me le rendre toujours aimable, ou au moins supportable ; et je proteste, après quarante ans de mariage, et un pied dans la tombe, que si c'était à recommencer, je ferais ce que j'ai fait, et que je ne choisirais point d'autre femme que cette chère et douce créature. Au reste, j'ai constamment attribué le bonheur dont j'ai joui à ce que je n'avais fait que suivre les avis de mon père ; j'ai accepté la femme qu'il me désignait, et c'est pour cela que Dieu m'a béni. Enfants, que mon exemple vous soit utile ! La passion et le caprice sont de mauvais guides ; la voix des parents est presque toujours la voix de Dieu. Dans le cours de ma longue carrière, j'ai rarement vu heureux les mariages contractés contre les vues des parents.

Sois donc bénie, ma bonne Thérèse! Femme obscure, tu n'auras cependant point passé inutile sur cette terre : épouse aimante, mère vigilante, chrétienne fidèle, ouvrière laborieuse et infatigable, ta vie reste un modèle pour celles qui t'ont connue, un doux souvenir pour ceux qui t'ont aimée. Et qui sait jusqu'à quel point le juste est utile ici-bas? De bons exemples, soutenus pendant longtemps, sont un grain qui germe pour l'avenir. Ta famille, au moins, se souviendra de toi ; et peut-être les enfants de tes enfants, jusqu'à la quatrième ou cinquième génération, suivront-ils encore tes traces !

XLVI.

Communisme.

Le siècle actuel peut revendiquer, parmi ses traits principaux, le mépris de la vieillesse. Pour lui, les cheveux blancs, si loués dans l'Ecriture, si vénérés chez les peuples de l'antiquité, ont perdu tout prestige : ils ne sont guère que ridicules. La pente est vers l'avenir, vers un avenir indéfini, irréalisable, rempli de chimères ; par conséquent, on rejette le passé. Le vieillard, qui est la voix du passé, n'est plus pour la jeune génération que l'écho du tombeau. Quels égards a-t-on, aujourd'hui, pour de vieux parents ? Aucun, si l'on n'a plus rien à attendre d'eux. L'affection se mesure sur l'intérêt. A part l'appas des caresses ou l'espoir d'un héritage, rien ne rapproche l'enfant du vieillard.

Il m'est arrivé de rencontrer des savants ébahis d'admiration, et presque inclinés de respect, devant une pierre, une arme rouillée, un vieux manuscrit. Quel mérite avaient ces objets ? Un seul : ils étaient

18

vieux. J'entendis, un jour, un mendiant dire à l'un de ces amateurs, qui l'avait rebuté : Et moi aussi, je suis vieux !

J'ai éprouvé, comme tous les autres, cette ingratitude du siècle. J'ai vu mon grand-père entouré du respect et de l'estime universelle : j'ai vu notre vieux curé servir comme d'oracle à tous ses paroissiens. Il y a de cela soixante-dix ans. Aujourd'hui je suis à leur âge ; et, à part l'affection de mes enfants, dont je n'ai qu'à me louer, je suis abandonné et raillé de tous.

C'est un vieux radoteur ! Quand on a jeté cette injure au front d'un homme, tout est dit : c'est là un anathème dont personne ne se relève. Oui, le vieillard est un radoteur ; car toute sagesse est folie pour une génération insensée.

C'était le titre dont m'honorait une troupe de jeunes hommes, le 1er février 1848 : l'époque est gravée dans ma mémoire. Je discutais alors sur la révolution, et j'affirmais qu'elle n'était point finie. On accueillit ma prédiction d'un éclat de rire. Un des plus savants de l'assemblée, grand lecteur de journaux, s'efforçait de me réfuter en énumérant tout ce que la France avait de ressources, et la monarchie d'appuis. Je tenais bon : on finit, comme on avait commencé, par me jeter l'expression de vieux radoteur. Quatre semaines après, une nouvelle révolution, ou plutôt une nouvelle phase de la révolution éclatait : et ce qu'il y eut de plus remarquable, c'est que mon contradicteur en devint victime. Se fiant au calme apparent, il avait acheté un bien considérable ; le bien fut saisi six mois après, et vendu par expropriation ; l'acquéreur est ruiné.

On a demandé pourquoi et comment les révolutions se font si vite et si souvent en France. A cela j'ai toujours répondu qu'il n'y a jamais eu, en France, qu'une révolution, mais qu'elle ira jusqu'au bout. C'est un escalier à plusieurs marches que ce beau pays descend.

Eh ! comment les révolutions ne s'y feraient-elles pas ? Les gouvernements eux-mêmes en préparent les matériaux. Que n'ont-ils pas fait, depuis 1789, pour infiltrer partout l'esprit révolutionnaire ? Nos lois, nos administrations, nos corps délibérants, tout notre monde politique et officiel en est plein, et l'on s'étonne qu'il déborde ! Qu'est-ce, je vous prie, que cette centralisation exclusive qui renferme toute la France dans une seule cité ? Une pensée révolutionnaire. Qu'est-ce que ce démembrement des anciennes provinces, cette destruction de tout esprit local, ce soin qu'on a pris de hacher la France en petites fractions indépendantes les unes des autres, mais d'autant mieux rattachées au point central ? Une idée révolutionnaire. Qu'est-ce que cette immixtion de l'Etat dans tous les détails de la vie ; cette action incessante exercée par lui sur tous les rangs de la société ; cette part qu'il prend à l'administration de la famille, de la commune ; ce réseau de règlements, de prohibitions, qui enserre tout, qui enveloppe tout de haut en bas? Une invasion révolutionnaire. Qu'est-ce que ce droit exclusif, que l'Etat s'est longtemps arrogé, de disposer de l'instruction et de l'éducation de la jeunesse? Un legs révolutionnaire. Qu'est-ce que cet esprit d'antagonisme et de défiance contre l'autorité de la religion ; ces efforts incessants pour restreindre son influence, et la régenter au besoin? Un procédé révolutionnaire. Qu'est-ce que cette liberté de la presse, c'est-à-dire ce droit accordé à chacun d'écrire tout ce qui lui passe par la tête, de discuter sur tout, de combattre tout, de nier tout sans contrôle : véritable confusion des langues, dans laquelle rien ne peut rester debout ; qu'est-ce que cela, dis-je? Une institution révolutionnaire. Je ne finirais pas, si je voulais tout dire.

Mais il est un point sur lequel je voudrais arrêter un moment l'attention de mes lecteurs : c'est la loi de l'expropriation forcée ; loi admise par chacun, loi vantée, loi de progrès, s'il en fut. Eh bien! cette loi est profondément révolutionnaire. Chacun sait que ce fut la révolution qui l'inventa : le mot *exproprier*, qui n'est pas français, fut prononcé, pour la première fois, par le conventionnel Thouret. Mais ce mot est resté dans notre langue, et cette loi dans nos codes. Y a-t-on bien réfléchi pourtant? Au fait, qu'est-ce que l'expropriation? Une négation, ou, si l'on aime mieux, une violation du droit de propriété.

En effet, un beau jour, l'Etat vient vous dire : Il me faut ton jardin, ton champ, ta maison. — Mais ils me viennent de mon père : j'y tiens. — Moi aussi j'y tiens : combien en veux-tu? — Je vous remercie de votre argent, je préfère ma propriété. — Mais il me la faut, ta propriété, et si tu ne veux pas la céder, je te la prends. — Merci du procédé ! Depuis quand est-il permis de voler? — Je ne vole pas : car je te paie plus que cela ne vaut. — Et savez-vous combien cela vaut, au moins pour moi ? C'est le legs de mes aïeux, c'est ma joie, mon bien, ma vie; je vous donnerai tout plutôt que cela : car cela ne s'estime pas.

Inutiles objections ! votre bien sera pris.

Conservateurs de tout rang et de tout étage, c'est à vous que je parle : quelle différence voyez-vous entre ce procédé et celui du socialisme? La même qu'entre le vol d'un œuf et celui d'un bœuf : une différence de quantité. L'un prend une partie, l'autre prendra le tout.

Mais le bien public, dira-t-on? —C'est aussi ce que crie le socialisme : Le bien public! c'est au nom du bien public qu'il entend vous exproprier de tous vos biens. Il l'a ainsi arrangé dans ses plans, et il est aussi bon juge que l'Etat.

— Mais l'État, au moins, nous indemnise ! — Autant en fera le socialisme : il vous assure le vivre, le vêtement, le logement, etc....; content ou non, vous accepterez ce qu'il vous donnera, comme vous acceptez maintenant ce que l'État vous donne en échange de votre propriété. La parité est parfaite.

— Quoi donc! ajoutent les conservateurs amis de l'expropriation forcée ; et le progrès, n'en tenez-vous compte ? Sans l'expropriation, aurions-nous des chemins de fer, des canaux, des places publiques, de magnifiques édifices ? — Eh ! le socialisme aussi vous promet tout cela, et bien autre chose encore. Il vous promet la jouissance de tous les biens, l'exemption de toutes les douleurs, un véritable Eldorado, un âge d'or, un paradis terrestre. A l'entendre, il vous prend de mauvaises propriétés, des champs stériles, des prés ingrats, des maisons caduques, pour vous ouvrir en retour sa corne d'abondance. De quoi vous plaindrez-vous ? Vous invoquez le progrès ? Eh ! c'est justement au nom du progrès qu'il proclame ses principes ; le dernier terme du progrès est, pour lui, dans le nivellement parfait des conditions, dans l'égalité absolue entre tous les hommes. Encore une fois, qu'avez-vous à lui reprocher ? Vous lui avez tracé la voie ; vous lui avez créé jusqu'à son langage.

Oui, conservateurs, c'est quelque chose de beau que les canaux et les chemins de fer : mais je ne

sais où tout cela vous mènera, ni si vous êtes beaucoup plus heureux maintenant que quand vous n'en
aviez pas. En attendant, l'abîme se creuse sous vos
pas, et cela avec les instruments que vous avez vous-
mêmes forgés. J'admire vos merveilles ; je reconnais
les progrès de vos industries ; mais il y avait quelque chose de plus beau que le progrès, de plus solide
que l'industrie, de plus important que la vapeur :
c'était LE DROIT DE PROPRIÉTÉ.

XLVII.

Catégories.

Les révolutions ont des effets singuliers : elles mettent en haut ce qui était en bas, et en bas ce qui était en haut. Si ce mot veut vraiment dire, comme l'affirment les latinistes, *action de retourner, renversement,* il faut avouer que rien ne justifie mieux son nom. J'ai vu, dans le cours de ma vie, tout ce qui était debout renversé : religion, royauté, aristocratie, sacerdoce, ordres religieux, intelligence, vertu, titres de noblesse, fortunes, administration, division de provinces, monnaies, usages locaux, poids, mesures, politique, littérature, mode de recrutement, code civil, code de commerce, code de procédure, ordre judiciaire, ponts et chaussées, eaux-et-forêts, administration communale et départementale, mœurs, modes d'habillements, prix et qualité de marchandises, etc..., tout, enfin, tout a été, de mon vivant, renversé, anéanti, modifié, renouvelé, *révolutionné* d'une manière ou de l'autre.

Aux yeux d'un vieillard, la société est un amas de ruines.

Quand s'arrêtera cette manie de bouleverser? Je l'ignore. Où posera-t-elle sa limite? Je n'en sais rien. Tout ce que je sais, c'est que l'œuvre de renversement ou de révolution n'est pas encore finie, et que des coups plus forts se préparent, en vertu de la loi: En fabriquant, on devient ouvrier. La longue habitude des révolutions donne à ceux qui s'en mêlent un coup d'œil plus sûr, une audace plus grande, une main plus hardie ; à mesure qu'ils avancent, ils voient mieux ce qui leur reste à démolir, comme un dernier pan de muraille se dessine mieux sur les décombres d'un édifice. Nul doute que ces *ouvriers de l'humanité,* comme ils s'intitulent, sans doute par une ironie amère, ne recueillent maintenant leurs forces pour effacer d'un seul et dernier coup tout ce qui reste du vieux monde que nous avaient légué nos pères.

Je ne sais si Dieu y consentira. C'est possible : car sa justice a, ce me semble, bien des comptes à régler avec l'Europe, avec la France en particulier. L'homme, nous disait notre vieux curé, peut être épargné ici-bas, quoique pécheur, parce que Dieu le retrouvera dans l'éternité; mais les sociétés n'existent que dans ce monde, et comme tous les crimes doivent être punis d'une manière ou de l'autre, il faut bien qu'elles expient les leurs ici-bas.

Les révolutions sont toujours le crime d'un petit nombre, et la faute de tous. Il n'est personne qui n'en souffre ; mais il n'est personne qui en soit parfaitement innocent. Les uns les veulent directement, les autres indirectement ; la plupart les laissent faire : trois genres de culpabilité distincte, mais réelle. Et cette classification est, à l'heure où je parle, parfaitement visible. Ceux qui veulent directement la révolution, ce sont les démagogues proprement dits, les héritiers des doctrines de 93, tous ces hommes de désordre et de sang, que l'on trouve réunis sous le nom vague de *socialistes*. Ceux qui la veulent indirectement, ce sont les bourgeois, qui admettent en théorie et en pratique tous les principes qui font les révolutions, mais en répudient les conséquences, au moins en tant qu'elles touchent à leurs intérêts ; ce sont ces hommes sans religion, sans foi politique, qui ont applaudi et applaudissent encore à toute mesure tendant à abaisser l'autorité, sous quelque forme qu'elle se présente ; ces gens d'affaires et de plaisirs, qui croient que le monde peut subsister sans une loi morale, et traitent l'ordre religieux comme un hors-d'œuvre, ou comme un objet tout au plus digne de l'attention des masses imbéciles. Cette classe est nombreuse ; elle remplit les banques, les boutiques, les cafés, les salons, les usines, les voitures publiques, les académies, les administrations, les conseils municipaux ;

on la trouve partout, également présomptueuse, également stupide, également aveugle, et surtout également incorrigible. J'ai vu se former cette race : mais je ne croyais pas que l'embryon croîtrait si vite. C'est elle, sans contredit, qui a perdu la France ; c'est elle qui a couvé toutes les révolutions; mais c'est elle qui en portera les plus graves conséquences. Elle a conservé et même aggravé les défauts de l'ancienne noblesse, sans avoir hérité de ses qualités ; elle me semble, enfin, porter au front tous les signes d'une classe réprouvée de Dieu, et, en particulier, l'aveuglement au bord de l'abîme.

La troisième catégorie, celle des gens qui laissent faire, est, sans comparaison, la plus nombreuse. C'est la vôtre, habitants des campagnes. Vous pourriez empêcher les révolutions ; vous vous contentez d'en être les témoins et les victimes. Ah! jusqu'à quand garderez-vous ce rôle inerte et absurde ? Les révolutions, qui vous ont tant coûté d'enfants et d'écus, ne se lassent pas et ne se lasseront jamais de vous exploiter, de vous tondre jusqu'à la peau : elles comptent si bien sur votre patience ! Et, au fait, n'ont-elles pas raison? Quel signe de vie avez-vous jamais donné? Quand vous êtes-vous fait entendre? Vous voilà vingt-six millions, paisiblement courbés vers la terre, sans avoir jamais osé lever les yeux sur ceux qui vous opprimaient! Comment ne vous prendrait-on pas pour du bétail à exploiter, vous qui ne vous permettez pas même une plainte? Quelques milliers, que dis-je? quelques centaines d'ouvriers, ameutés par une dizaine de journalistes, culbutent des dynasties et changent la face de la France: et vous, qui êtes au nombre de vingt-six millions, vous n'oseriez exprimer une volonté, ni faire acte de vie politique! Véritablement, vous n'avez aucun droit de vous plaindre; car vous n'avez que ce que vous méritez.

Est-ce à dire que vous deviez faire des émeutes? A Dieu ne plaise que je vous enseigne une pareille doctrine! Les émeutes sont le fait de scélérats ennemis de Dieu et de la société; elles sont l'ébullition des passions mauvaises, les convulsions de l'ordre social. Oh! les émeutes! que ce mot odieux, que cette idée exécrable, restent toujours aussi loin de vous qu'ils en ont été jusqu'à présent. Je sais bien, du reste, qu'il n'y a pas à craindre que ces forfaits de la démagogie entrent jamais dans vos mœurs. Mais, entre l'émeute et l'inertie, n'y a-t-il pas de milieu? Ne peut-on s'abstenir d'être révolutionnaire, sans rester une victime? Ne pourriez-vous éviter d'être loups, sans devenir moutons? Les révolutions, par un singulier hasard, après vous avoir fait des maux infinis, vous ont enfin mis le remède en main. Aujourd'hui, votre sort dépend de vous. Puisque, par les élections, le nombre fait loi, et que vous êtes le plus grand nombre, il s'ensuit que vous pouvez partout dominer, et faire prévaloir les idées d'ordre, de religion, de bon sens, de justice, d'économie, qui font la base de vos convictions, et la règle de votre conduite. Il me semble que si une douzaine de malfaiteurs, sans autres armes que leur audace, s'avançaient pour mettre le feu à vos habitations, vous seriez des lâches de ne pas vous réunir pour les repousser. Eh bien! aujourd'hui que quelques douzaines d'agitateurs se donnent le ton de changer vos lois, de culbuter vos rois, de régler vos impôts, n'êtes-vous pas aussi lâches de les laisser faire?

Oui, oui, je le répète, parce que cela est aussi vrai que possible: Votre sort et le sort de la France est entre vos mains. Et, pour sauver l'ordre social menacé, la religion ébranlée, tous les intérêts compromis, que vous faut-il? Deux choses: savoir et vouloir.

1° Savoir: hélas! vous ne savez pas; vous ne comprenez pas le péril où nous sommes. Eh! comment le comprendriez-vous? Le cœur simple et droit ne peut supposer le mal, au moins à ce degré de perversité où il est parvenu aujourd'hui. Quand on essaie de vous raconter les projets sinistres des hommes qui aspirent à dominer la France, vous branlez la tête, et vous vous imaginez qu'on vous prend pour des niais. Combien j'ai vu de laboureurs hausser les épaules de pitié, quand on parlait du projet des communistes d'abolir la propriété! C'est

un fait connu du monde entier, et vous seuls l'i-
gnorez. Vous seuls ne savez pas ou affectez de ne
pas savoir, qu'il y a, sur la terre, des gens assez
insensés — et ils se comptent, en France, par
millions — pour rêver un ordre de choses où la
propriété sera abolie ; où l'Etat, devenu seul propriétaire de tout le sol, distribuera à chacun son
travail et sa nourriture ; où la famille n'existera
plus, c'est-à-dire où le nœud du mariage pourra
se briser à volonté, et où l'enfant appartiendra à
l'Etat, au lieu d'appartenir à ses parents ; un ordre
de choses où la religion sera complétement effacée
du milieu des hommes : par conséquent, où il n'y
aura plus ni fêtes, ni sacrements, ni églises, ni
messe, ni prêtres, etc....; où nous serons, enfin,
réduits à la pure condition des animaux. Non, vous
ne croyez pas cela, ou si vous croyez qu'il y ait des
cerveaux assez fous pour enfanter de telles idées, au
moins vous ne pouvez vous persuader qu'ils essaient
jamais de réduire ces énormes sottises en pratique. Et pourtant nous touchons, pour ainsi dire, à
cette époque : d'un jour à l'autre, un coup de main,
comme celui qui a abattu vos rois, peut amener au
pouvoir les êtres monstrueux qui rêvent ces choses
ridicules ! Et ces choses ridicules peuvent passer en
lois ! Et avant que vous ayez eu le temps, ou la
pensée, ou la volonté de vous y opposer, une domi-
nation terrible, comme celle de la Convention de 93,

peut se lever sur vos têtes ; et le terrorisme hideux, avec son cortége de proscriptions et d'échafauds, peut, comme il y a soixante ans, glacer toute volonté dans vos âmes, et la dernière goutte de sang dans vos veines.

Voilà ce qui est possible et que vous ne croyez pas. La plupart d'entre vous, en lisant ces lignes, les prendront, j'en suis sûr, pour les rêveries d'un cerveau malade. Alors, comment guéririez-vous des maux que vous ne connaissez pas, auxquels même vous ne croyez pas? La première condition pour prévenir un désastre, c'est de le prévoir. Quand vous aurez bien ri des prédictions des sages, bien secoué la tête sur les malheurs qui vous menacent, les aurez-vous détournés ? Je me souviens qu'on riait aussi des prédictions de mon vieux curé, quand il annonçait qu'un moment viendrait où le sang coulerait par torrents, où l'on ne ferait pas plus de cas de la vie d'un homme que de celle d'un bœuf. Et pourtant cela arriva comme il l'avait prédit, et plusieurs de ceux qui riaient de ses prophéties les vérifièrent par eux-mêmes, en prison ou sur l'échafaud. Les hommes ne s'instruiront-ils donc jamais aux dépens les uns des autres ? L'expérience du passé sera-t-elle toujours perdue?

2° Il faudrait vouloir. C'est l'inertie des honnêtes gens qui perd tout. Pourtant celui qui laisse faire le mal n'est, ce me semble, guère moins coupable que celui qui le fait. Tant que les moyens vous étaient refusés, vous étiez excusables de ne pas prendre part à la vie politique, et de subir des révolutions que vous ne pouviez empêcher. Mais, maintenant que vous avez les armes en mains, vous ne pouvez vous laver du reproche de lâcheté, de négligence, de mauvais vouloir, si vous ne vous en servez pas, dans la limite de la justice et du droit.

Et quelles sont ces armes, quel est ce moyen? L'élection. Par l'élection vous pouvez tout changer, tout dominer, tout régler. Assurément, je regarde le suffrage universel comme une immense absurdité. Je l'ai déjà dit : il n'est pas possible de rien fonder sur cette base, aussi mobile que le sable du désert. Le pouvoir doit venir d'en haut, et non d'en bas : il est difficile à celui qui a créé ou servi d'instrument pour créer un pouvoir, d'avoir un grand respect pour ce pouvoir. Mais enfin, puisque la série des événements a fait passer cette théorie en pratique, et que l'opinion s'en est emparée, servez-vous-en au moins pour éviter de plus grands maux.

Elisez donc, paraissez donc aux élections, non pas comme un troupeau aveugle, qui vote au hasard et sur la première liste qu'on lui présente; mais comme des gens raisonnables, comme des citoyens éclairés, qui savent ce qu'ils veulent, ce qu'ils font et où ils tendent. J'ai honte de le dire; mais vous m'excuserez sur mon grand âge : eh bien! on vous perdra par le moyen même qui pourrait vous sauver. Oui, on se servira de vous contre vous. On vous séduira si bien, on vous trompera avec tant d'art, que, tout en croyant agir dans vos propres intérêts, vous ferez tout ce qu'il faudra pour vous nuire. Je n'ai pu m'empêcher de gémir en voyant, dans les dernières élections, une foule d'habitants des campagnes voter aveuglément pour les hommes mêmes qui poursuivent l'abolition de la propriété.

Il est bien vrai que ces ennemis du laboureur s'étaient déguisés sous une grande apparence de sympathie et de tendresse. Les loups s'étaient faits moutons : ils avaient l'air de plaindre le *pauvre paysan;* ils s'apitoyaient sur ses rudes labeurs, sur les charges qui lui pèsent, sur les impôts qui l'écrasent. Ils accusaient les gouvernements d'avoir sans cesse oublié, dans leurs largesses et dans leurs sollicitudes, la partie la plus intéressante du peuple : ils comparaient le laboureur à l'abeille diligente qui compose le miel, et le rentier au frelon paresseux qui le mange. Ils faisaient surtout apparaitre à vos yeux, ô bons habitants des campagnes ! les fantômes du passé: vous menaçant du retour de la corvée, de la dîme et de la mainmorte, si vous donniez vos voix aux hommes honorables, que de vrais amis avaient désignés à vos suffrages. En d'autres termes, ils vous criaient : Nommez-nous, ou vous êtes perdus.

Et beaucoup, hélas ! il faut le dire, se sont laissé prendre à ce piège grossier. Mais aujourd'hui l'expérience est faite : il n'y a que les aveugles et les sourds qui ne sachent pas où veulent nous conduire ces soi-disant amis du pauvre peuple. Vingt proclamations, vingt professions de foi révolutionnaires ont démontré aux moins clairvoyants, qu'on tend, par une voie ou par une autre, à ce hideux communisme dont je vous parlais plus haut, et qui est considéré par tout le parti comme le faîte du progrès, et le point culminant de l'ordre social.

Vous vous êtes donc trompés en donnant votre confiance à de tels hommes. Ils mentaient donc en vous disant qu'ils étaient dévoués à vos intérêts, et n'aspiraient qu'à exprimer vos volontés : car, certes ! vos volontés ne sont pas que la religion soit abolie, la famille supprimée, la propriété anéantie. Vous seriez certainement au désespoir que l'on vînt transformer en écurie ou en magasin à fourrage le temple où vous avez reçu la vie et l'éducation spirituelle ; que l'on vous ravît le champ que vous avez hérité de vos pères, et fécondé de vos sueurs ; que l'on vous enlevât les enfants qui jouent autour de votre foyer, et sur lesquels vous avez placé vos affections et fondé votre avenir. Et voilà cependant ce que poursuivent ces hommes qui mendiaient vos suffrages, pour en abuser ensuite si étrangement !

Une autre fois, vous y tromperez-vous encore ? Je

suis porté à le croire. Moi qui suis des vôtres, qui suis né, qui ai vécu et qui mourrai dans la chaumière du laboureur, je me crois en droit de vous dire bien des choses qui vous choqueraient, sans doute, de la part d'un autre. Eh bien! votre bonne foi me semble presque incurable : votre ignorance des choses politiques, et votre incrédulité à l'égard des dangers qui nous menacent, sont telles que je ne sais comment vous ne donneriez pas dans les panneaux que le socialisme tend sous vos pas. Depuis deux ans surtout, la détresse qui se fait sentir parmi vous a si bien assombri vos idées et aigri vos cœurs, que vous accueillerez le premier moyen d'en sortir qui paraîtra s'offrir à vous, de quelque côté qu'il se présente.

Ensuite, il faut bien vous le dire, vous avez perdu toute confiance dans les hommes qui devaient naturellement vous servir de guides. Le prêtre, par exemple, toujours plus instruit que vous, votre ami le plus fidèle et votre conseiller le plus désintéressé, eh bien! vous ne le consultez plus. Vous vous défiez de lui. Vos rusés ennemis sont venus à bout de semer, entre lui et vous, la zizanie ; ils vous ont rempli la tête de préjugés et de calomnies à son égard ; ils ont détruit en vous ce respect pour *l'homme d'en haut,* qui fut si longtemps l'ami et le conseiller de vos pères. Ils vous ont même soufflé, sinon de la haine, au moins de l'indifférence pour la religion, en vous la faisant envisager ou comme un joug lourd et écrasant qui dégrade la raison et tue la liberté, ou comme une vieillerie bonne tout au plus pour bercer les enfants et occuper les vieilles femmes. Et beaucoup d'entre vous ont déjà adopté cette manière de voir, et le témoignent assez en s'éloignant peu à peu du sentier que suivaient leurs pères.

Comment, alors, iriez-vous droit? Comment répareriez-vous les maux de la société? Si un certain nombre d'entre vous sont déjà gâtés, et si les autres, restés honnêtes et religieux, manquent d'initiative et d'énergie, d'où viendra le salut de la France? Il faudrait la conviction du mal qui nous menace, et vous ne l'avez pas; il faudrait l'énergie de la volonté, et elle vous fait défaut; il faudrait l'entente et l'union, et vous ne faites pas un effort pour y parvenir; il faudrait demander conseil à des amis, et vous n'écoutez que vos ennemis! Encore une fois, qui sauvera la France? Qui vous sauvera vous-mêmes?

O mon Dieu! pourquoi l'homme est-il si aveugle? Pourquoi vos ennemis sont-ils si audacieux, et vos serviteurs si tièdes? Avez-vous donc juré de perdre la France? Le plus grand signe de la décadence d'un peuple et la marque la plus signalée de votre courroux n'est pas tant l'audace des méchants que la faiblesse des bons. Une société a beau être attaquée par de nombreux et impudents ennemis; c'est un signe qu'elle doit lutter, et par conséquent durer. Mais quand les meilleurs de ses enfants font cause commune avec les traîtres ; quand le bandeau fatal est descendu sur les yeux des plus sains ; quand celui qui peut sauver la cité en livre les portes.... oh ! alors, il faut désespérer : car tout est perdu.

Mon Dieu ! mon Dieu ! en est-ce donc fait de la France ?

XLVIII.

Conclusion.

J'ai fini. Arrivé à l'âge de quatre-vingt-un ans, placé en face de la mort, dégagé de toutes les préoccupations de la terre, je suis à même, je crois, de juger sainement la vie. Doué d'un esprit réfléchi, j'ai examiné attentivement l'homme sous toutes ses faces ; j'ai pesé, au poids de l'expérience, tout ce qui occupe une place dans sa pensée et dans son affection. Et ma conclusion finale est celle que proclamait un sage, il y a trois mille ans : *Vanité des vanités, tout n'est que vanité et affliction d'esprit* [1].

Tout, excepté aimer Dieu et pratiquer sa loi. Car c'est là tout ce qui reste à l'homme. Les autres prétendus biens s'en vont, et nous laissent les mains vides. J'ai travaillé et amassé un peu de fortune : qu'est-ce que j'en emporterai ? J'ai joui ici-bas de quelque considération : à quoi cela me sert-il ? J'ai

(1) Eccl., 1, 2.

goûté des consolations au sein de ma famille : me suivront-elles au tombeau ? Non. Il ne me reste rien que cette pensée : J'ai servi le Seigneur dans la simplicité de mon cœur, et j'attends la récompense qu'il a promise à ses serviteurs.

J'ai vu passer sur la terre bien des hommes : les uns riches et les autres pauvres, les uns fameux et les autres obscurs. Je me rends au même lieu où ils sont tous arrivés avant moi : je suis le chemin qu'ils ont suivi, et que tous nos descendants suivront après nous. Combien en retrouverai-je dans le ciel ? Combien auront obtenu la couronne ? Je tremble en posant cette question.

Un regret amer m'accompagnera au tombeau : c'est la pensée des maux qui menacent mon infortuné pays. J'ai aimé, j'ai idolâtré la France : après le titre de chrétien, je n'ai jamais rien vu de plus beau que celui de Français. Hélas ! pourquoi ai-je été témoin des égarements de cette chère patrie ? Pourquoi ai-je vécu dans les jours où elle fit divorce avec le Dieu de sa jeunesse ? Pourquoi mes yeux ont-ils été témoins des abominations qui l'ont souillée ? Pourquoi ai-je entendu, avant de mourir, le cri sinistre des oiseaux de proie qui s'apprêtent à fondre sur elle ? Pourquoi de tristes prévisions pèsent-elles sur mon esprit, comme les nuages qui assombrissent le soir d'un jour d'été ? Je n'en sais rien : Dieu l'a voulu : je me tais et j'adore.

De toutes les classes de citoyens, aucune n'a possédé mes affections comme celle à laquelle j'ai eu l'honneur d'appartenir : la classe des laboureurs. Depuis que j'observe, j'ai été à même de me convaincre de ceci : c'est que, excepté le corps du clergé, qui s'est montré, depuis la révolution surtout, aussi pur, aussi grand, aussi digne que possible, il n'est pas de portion de la société plus estimable que les habitants de nos campagnes. Je crois pouvoir le dire hardiment : le prêtre et le laboureur sont le dernier espoir de la patrie. Nos maux sont bien grands ; mais, le fussent-ils cent fois plus, j'affirme, sans hésiter, qu'ils peuvent être encore guéris par ces deux classes d'hommes : le prêtre et le laboureur.

Toute la solution du problème serait dans l'union de ces deux éléments. Le clergé seul, dans ces siècles de destruction et de doute, a conservé une voie, une doctrine, un but, un drapeau, parce que seul il a gardé une foi. Le laboureur seul, dans ce siècle de débauche et de sensualisme, a gardé sa vie sobre et austère, le goût du travail, la paix de son foyer, la fidélité dans le mariage, et les vertus domestiques et sociales qui font l'homme honorable et le citoyen dévoué. Unissez ces deux corps si bien faits pour s'entendre ; donnez à chaque commune pour guide le prêtre qui l'administre ; qu'aux jours décisifs, nos six millions de laboureurs consultent nos quarante mille prêtres, et suivent leurs avis, et la France sera sauvée ; l'ordre social n'aura rien à craindre des efforts de tous les méchants conjurés.

Hélas ! je le sais, ce vœu est une chimère. L'impiété, comme un mal gangréneux, s'étend insensiblement des parties gâtées aux parties saines, c'est-à-dire des villes aux campagnes, du bourgeois au laboureur. L'heure n'est pas éloignée, peut-être, où le Dieu de nos pères ne comptera guère plus de serviteurs dans la chaumière que dans les salons. Oh ! puisse ce triste pressentiment, qui me tourmente, ne se réaliser jamais !

Habitants des campagnes, écoutez ce dernier mot d'un ami, d'un frère : Unis et religieux, vous pouvez sauver la France ; désunis et incrédules, vous vous perdez, et vous perdez tout avec vous. La religion, la patrie, l'ordre social, n'ont plus d'espérance qu'en vous. Du jour où vous aurez prêté l'oreille aux perfides séductions des ennemis du catholicisme, ce jour-là notre France descendra au tombeau.

Encore une fois, puisse ce jour maudit n'arriver jamais !!!

TABLE.

Ouvrages de M. A. Devoille.

Le Moine de Luxeuil, ou fanatisme et expiation, chronique du XIIIe siècle; 2 vol. in-12, 4 fr.

Vengeance, ou une Scène au désert, 2 vol. in-12, 4 fr.

Les Travailleurs, épisode de la révolution de février 1848; 1 vol. in-12, 2 fr.

Un Intérieur, ou influence de la vertu au sein de la famille; 2 vol. in-12, 4 fr.

Andréas, ou le Prêtre soldat; 2e édition, 1 vol. in-12, 2 fr.

Deux Idées en face, ou la Providence et le Communisme, 1 vol. in-12, 2 fr.

Le Fruit de l'arbre, ou le Point de départ et l'aboutissant, 1 vol. in-12, 2 fr.

Notre-Dame de Consolation, ou la Prisonnière de la Tour, chronique du XIVe siècle; 2 vol. in-12, 4 fr.

Le Mendiant; 2e édition, 2 vol. in-12, 4 fr.

Avis aux habitants des campagnes pour le temps présent; 1 vol. grand in-18, 1 fr.

POÉSIES RELIGIEUSES.

Chants de l'exil, 1 vol. in-12, édition de luxe, 4 fr.

Voix de la Solitude, 1 vol. in-8°, 3 fr.

Besançon, imprimerie de J. Jacquin.